dtv

Nicht hohe Literatur, sondern schnelle Information über die Taten (und Untaten) der griechischen Götter und Helden bietet die wohl aus dem zweiten Jahrhundert n. Chr. stammende Sagensammlung des Hyginus. Gerade die Beschränkung auf den mythischen «plot» verleiht den Geschichten, die selten länger als eine halbe Seite sind, eine ungeheure Kraft, weil sie das archaisch Gewalttätige und Entsetzliche vieler Sagen höchst eindringlich vor Augen führen. Fast keine Geschichte, in der nicht von Mord und Vergewaltigung, Betrug und Rache die Rede ist. Inzest gibt es nicht nur in der Ödipussage, und Tantalus ist nicht der einzige, der ein Kind schlachtet und es jemandem zum Mahl vorsetzt: Gewaltphantasien der Menschen, die gebannt werden, indem sie in der mythischen Erzählung Gestalt annehmen.
Die Kürze kommt dem Leser von heute sehr entgegen, dem erwachsenen wie dem, der noch die Schulbank drückt. Er braucht nicht lang zu suchen, wer das eigentlich war: Deukalion und Pyrra, Marsyas, Alkestis, Pelops, Atreus oder Laokoon. Hyginus ersetzt das Mythen-Lexikon. Vor allem aber: Seine Sprache ist einfach und macht es einem leicht, verschüttete Kenntnisse aufzufrischen oder Latein erst richtig zu lernen.

HYGINUS

FABULAE · SAGEN DER ANTIKE

Ausgewählt und übersetzt
von Franz Peter Waiblinger

Deutscher Taschenbuch Verlag

dtv zweisprachig
Begründet von Kristof Wachinger-Langewiesche

Ausführliche Informationen über
unsere Autoren und Bücher
finden Sie auf unserer Website
www.dtv.de

3. Auflage 2010
2007 Deutscher Taschenbuch Verlag GmbH & Co. KG, München
Erstveröffentlichung im Deutschen Taschenbuch Verlag
GmbH & Co. KG, München im September 1996 (dtv 9350)

Umschlagkonzept: Balk & Brumshagen
Umschlaggestaltung: Claudia Danners unter
Verwendung eines Details des Mosaiks
‹Odysseus lauscht den Sirenen› (3. Jh. n. Chr.),
Museum Bardo (Corbis/Ruggero Vanni)
Gesamtherstellung: Kösel, Krugzell
Gedruckt auf säurefreiem, chlorfrei gebleichtem Papier
Printed in Germany · ISBN 978-3-423-09467-2

PANDORA

Prometheus Iapeti filius primus homines ex luto finxit. Postea Vulcanus Iovis iussu ex luto mulieris effigiem fecit, cui Minerva animam dedit, ceterique dii alius aliud donum dederunt; ob id Pandoram nominarunt. Ea data in coniugium Epimetheo fratri; inde nata est Pyrrha, quae mortalis dicitur prima esse creata.

PROMETHEUS

Homines antea ab immortalibus ignem petebant neque in perpetuum servare sciebant; quod postea Prometheus in ferula detulit in terras hominibusque monstravit, quomodo cinere obrutum servarent.

Ob hanc rem Mercurius Iovis iussu deligavit eum in monte Caucaso ad saxum clavis ferreis et aquilam apposuit, quae cor eius exesset; quantum die ederat, tantum nocte crescebat. Hanc aquilam post $\overline{\text{xxx}}$ annos Hercules interfecit eumque liberavit.

PHAETHON

Phaethon Solis et Clymenes filius cum clam patris currum conscendisset et altius a terra esset elatus, prae timore decidit in flumen Eridanum. Hunc Iuppiter cum fulmine percussisset, omnia ardere coeperunt.

Iovis ut omne genus mortalium cum causa interficeret, simulavit se id velle extinguere; amnes undique irrigavit omneque genus mortalium interiit praeter Pyrrham et Deu-

Die Erschaffung der Menschen

PANDORA

Prometheus, der Sohn des Japetos, formte als erster Menschen aus Lehm. Später schuf Hephaistos auf Zeus' Befehl aus Lehm die Gestalt einer Frau, der Athene das Leben schenkte. Von den übrigen Göttern gab ihr jeder etwas anderes. Deswegen nannten sie sie Pandora[1]. Sie wurde mit Epimetheus, dem Bruder des Prometheus, vermählt. Aus dieser Verbindung ging Pyrrha hervor, die, wie man sagt, als erste Sterbliche gezeugt worden ist.

PROMETHEUS

Die Menschen wollten einst von den Unsterblichen das Feuer bekommen, verstanden aber nicht, es für immer zu bewahren. Prometheus brachte es später in einem Narthex-Stengel auf die Erde und zeigte den Menschen, wie sie es mit Asche überdeckt aufbewahren konnten.[2]

Hermes band ihn aus diesem Grund auf Zeus' Befehl im Kaukasus mit Eisennägeln an einen Felsen und setzte einen Adler an seine Seite, der sein Herz[3] zerfressen sollte. Was er am Tag gefressen hatte, wuchs in der Nacht wieder nach. Nach dreißigtausend Jahren tötete Herakles diesen Adler und befreite dadurch Prometheus.

Der Untergang des Menschengeschlechts

PHAETHON

Als Phaethon, der Sohn des Helios und der Klymene, heimlich den Wagen seines Vaters bestiegen und sich allzu hoch über die Erde erhoben hatte, stürzte er aus Furcht in den Eridanos[4]. Als Zeus ihn mit dem Blitz getroffen hatte, begann alles zu brennen.

Um einen guten Grund für die Vernichtung des ganzen Menschengeschlechts zu haben, tat Zeus, als wolle er den Brand löschen. Aus allen Richtungen ließ er die Ströme über die Ufer treten, und das ganze Menschengeschlecht ging calionem. At sorores Phaethontis, quod equos iniussu patris iunxerant, in arbores populos commutatae sunt.

DEUCALION ET PYRRHA

Cataclysmus, quod nos diluvium vel irrigationem dicimus, cum factum est, omne genus humanum interiit praeter Deucalionem et Pyrrham, qui in montem Aetnam, qui altissimus in Sicilia esse dicitur, fugerunt. Hi propter solitudinem cum vivere non possent, petierunt ab Iove, ut aut homines daret aut eos pari calamitate afficeret. Tum Iovis iussit eos lapides post se iactare; quos Deucalion iactavit, viros esse iussit, quos Pyrrha, mulieres. Ob eam rem laos dictus, laas enim Graece lapis dicitur.

PROSERPINA

Pluton petit ab Iove Proserpinam filiam eius et Cereris in coniugium daret. Iovis negavit Cererem passuram, ut filia sua in Tartaro tenebricoso sit, sed iubet eum rapere eam flores legentem in monte Aetna, qui est in Sicilia. In quo Proserpina dum flores cum Venere et Diana et Minerva legit, Pluton quadrigis venit et eam rapuit; quod postea Ceres ab Iove impetravit, ut dimidia parte anni apud se, dimidia apud Plutonem esset.

TRIPTOLEMUS

Cum Ceres Proserpinam filiam suam quaereret, devenit ad Eleusinum regem, cuius uxor Cothonea puerum Triptolemum pepererat, seque nutricem lactantem simulavit. Hanc regina libens nutricem filio suo recepit.

zugrunde außer Pyrrha und Deukalion. Doch Phaethons Schwestern wurden, weil sie die Pferde ohne den Befehl ihres Vaters angeschirrt hatten, in Pappelbäume verwandelt.

DEUKALION UND PYRRHA

Als sich die Flut, die wir Sintflut oder Überschwemmung nennen, ereignete, ging das ganze Menschengeschlecht zugrunde außer Deukalion und Pyrrha, die auf den Ätna[5] flohen, der, wie man sagt, der höchste Berg in Sizilien ist. Als sie sich in ihrer Verlassenheit nicht am Leben halten konnten, baten sie Zeus, er solle ihnen entweder Menschen geben oder sie ein ähnliches Unglück erleiden lassen. Da befahl ihnen Zeus, Steine hinter sich zu werfen. Die Deukalion warf, ließ er zu Männern, die Pyrrha warf, zu Frauen werden. Deshalb spricht man von »laos« (Volk), «laas» heißt nämlich auf griechisch «Stein».

Demeter

PERSEPHONE

Pluton bat Zeus, ihm seine und Demeters Tochter Persephone zur Frau zu geben. Zeus sagte, Demeter werde nicht zulassen, dass ihre Tochter im finsteren Tartaros lebe, er solle sie doch rauben, während sie Blumen auf dem Ätna pflücke, der sich auf Sizilien befindet. Als Persephone mit Aphrodite, Artemis und Athene Blumen pflückte, kam Pluton mit seinem Viergespann und entführte sie. Später erreichte Demeter von Zeus, dass Persephone die eine Hälfte des Jahres bei ihr, die andere bei Pluton leben durfte.

TRIPTOLEMOS

Als Demeter ihre Tochter Persephone suchte, kam sie zum König Eleusinos[6], dessen Frau Kothonea den Knaben Triptolemos geboren hatte, und gab sich als Amme aus. Die Königin nahm sie freudig als Amme für ihren Sohn bei sich auf.

Ceres cum vellet alumnum suum immortalem reddere, interdiu lacte divino alebat, noctu clam in igne obruebat. Itaque praeter quam solebant mortales crescebat; et sic fieri cum mirarentur parentes, eam observaverunt. Cum Ceres eum vellet in ignem mittere, pater expavit. Illa irata Eleusinum exanimavit, at Triptolemo alumno suo aeternum beneficium tribuit. Nam fruges propagatum currum draconibus iunctum tradidit, quibus vehens orbem terrarum frugibus obsevit. Postquam domum rediit, Celeus eum pro benefacto interfici iussit. Sed re cognita iussu Cereris Triptolemo regnum dedit, quod ex patris nomine Eleusinum nominavit, Cererique sacrum instituit, quae Thesmophoria Graece dicuntur.

IO

Ex Inacho et Argia Io. Hanc Iuppiter dilectam compressit et in vaccae figuram convertit, ne Iuno eam cognosceret. Id Iuno cum rescivit, Argum, cui undique oculi refulgebant, custodem ei misit; hunc Mercurius Iovis iussu interfecit. At Iuno formidinem ei misit, cuius timore exagitatam coegit eam, ut se in mare praecipitaret, quod mare Ionium est appellatum. Inde in Scythiam transnatavit, unde Bosporum fines sunt dictae. Inde in Aegyptum, ubi parit Epaphum.

Iovis cum sciret suapte propter opera tot eam aerumnas tulisse, formam suam ei propriam restituit deamque Aegyptiorum eam fecit, quae Isis nuncupatur.

Da Demeter ihren Pflegesohn unsterblich machen wollte, ernährte sie ihn tagsüber mit ihrer göttlichen Milch, nachts vergrub sie ihn heimlich im Feuer. Daher wuchs er schneller, als Sterbliche gewöhnlich wachsen; und da sich die Eltern darüber wunderten, beobachteten sie Demeter aufmerksam. Als sie ihn wieder ins Feuer werfen wollte, war der Vater entsetzt. Voll Zorn tötete sie Eleusinos, doch ihrem Pflegesohn Triptolemus erwies sie eine Vergünstigung für alle Zeit. Denn zum Pflanzen von Feldfrüchten übergab sie ihm einen mit Drachen bespannten Wagen, auf dem er über die Erde fuhr und sie bepflanzte. Als er nach Hause zurückkam, befahl Keleos[7], ihn für seinen guten Dienst zu töten. Doch als dieser erkannte, wie es sich in Wahrheit verhielt, gab er dem Triptolemos auf Befehl der Demeter das Königreich, das er nach dem Namen seines Vaters Eleusis nannte, und stiftete für Demeter ein Opferfest, die Thesmophorien, wie man sie Griechisch nennt.

Zeus und Io

IO

Von Inachos und Argeia stammte Io ab[8]. Zeus verliebte sich in sie und tat ihr Gewalt an; dann verwandelte er sie in die Gestalt einer Kuh, damit Hera sie nicht erkenne. Als Hera davon erfuhr, schickte sie ihr Argos als Bewacher, der auf allen Seiten leuchtende Augen hatte. Hermes tötete ihn auf Geheiß des Zeus[9]. Hera jedoch sandte ein Schreckensgespenst[10] zu Io und brachte sie dazu, sich von Angst verfolgt ins Meer zu stürzen, das nun Ionisches Meer heißt. Von dort schwamm sie nach Skythien, weshalb die Gegend Bosporos, das heißt Rinderfurt, genannt wurde. Von hier kam sie nach Ägypten, wo sie den Epaphos[11] gebar.

Als Zeus erfuhr, dass Io seinetwegen so viel Not erlitten hatte, gab er ihr ihre eigene Gestalt wieder und machte sie zu einer Göttin der Ägypter, die den Namen Isis hat.

EPAPHUS

Iuppiter Epaphum, quem ex Io procreaverat, Aegypto oppida communire ibique regnare iussit. Is oppidum primum Memphim et alia plura constituit et ex Cassiopia uxore procreavit filiam Libyen, a qua terra est appellata.

TITANOMACHIA

Postquam Iuno vidit Epapho ex pellice nato tantam regni potestatem esse, curat in venatu, ut Epaphus necetur, Titanosque hortatur, Iovem ut regno pellant et Saturno restituant. Hi cum conarentur in caelum ascendere, eos Iovis cum Minerva et Apolline et Diana praecipites in Tartarum deiecit. Atlanti autem, qui dux eorum fuit, caeli fornicem super umeros imposuit, qui adhuc dicitur caelum sustinere.

PYTHON

Python Terrae filius draco ingens. Hic ante Apollinem ex oraculo in monte Parnasso responsa dare solitus erat. Huic ex Latonae partu interitus erat fato futurus. Eo tempore Iovis cum Latona Poli filia concubuit; hoc cum Iuno resciit, facit, ut Latona ibi pareret, quo sol non accederet. Python ubi sensit Latonam ex Iove gravidam esse, persequi coepit, ut eam interficeret. At Latonam Iovis iussu ventus Aquilo sublatam ad Neptunum pertulit; ille eam tutatus est, sed ne rescinderet Iunonis factum, in insulam eam Ortygiam detulit, quam insulam fluctibus cooperuit.

Quod cum Python eam non invenisset,
Parnassum redit. At Neptunus insulam Or- 14
tygiam in superiorem partem rettulit, quae 15

EPAPHOS

Zeus befahl Epaphos, den er mit Io gezeugt hatte, in Ägypten befestigte Städte zu erbauen und dort als König zu herrschen. Als erste Stadt gründete er Memphis, dann noch mehrere andere. Mit seiner Gattin Kassiopeia[12] zeugte er seine Tochter Libya, nach der das Land seinen Namen bekommen hat.

TITANENKAMPF

Als Hera sah, dass Epaphos, der Sohn ihrer Nebenbuhlerin, mit so großer Macht herrschte, ließ sie ihn auf der Jagd töten und forderte die Titanen[13] auf, Zeus seiner Herrschaft zu entheben und sie Kronos zurückzugeben. Als sie versuchten, den Himmel zu ersteigen, wurden sie von Zeus, Athene, Apoll und Artemis kopfüber in den Tartaros hinabgestürzt. Dem Atlas[14] aber, der ihr Anführer war, legte Zeus das Himmelsgewölbe auf die Schultern. Er trägt, wie man sagt, noch heute den Himmel.

Geschichten von Apoll

PYTHON

Python, der Sohn der Erdgöttin, war ein riesiger Drache. Vor Apoll pflegte er auf dem Parnass Orakel zu geben. Ihm war vom Schicksal bestimmt, durch einen Sohn der Leto umzukommen. Zu dieser Zeit schlief Zeus mit Leto, der Tochter des Polus[15]. Als Hera davon erfuhr, bewirkte sie, dass Leto dort ihre Kinder zur Welt bringen sollte, wo die Sonne nicht hinkommt. Sobald Python merkte, dass Leto von Zeus schwanger war, begann er sie zu verfolgen, um sie umzubringen. Doch auf Zeus' Befehl hob der Boreas-Wind Leto in die Höhe und brachte sie zu Poseidon. Der schützte sie, aber um Heras Werk nicht zu vereiteln, führte er sie auf die Insel Ortygia[16] und bedeckte diese ganz mit seinen Fluten.

Als Python sie daher nicht finden konnte, kehrte er zum Parnass zurück. Doch Poseidon ließ die Insel Ortygia wieder auftauchen. Später wurde sie Delos genannt. Dort postea insula Delus est appellata. Ibi Latona oleam tenens parit Apollinem et Dianam, quibus Vulcanus sagittas dedit donum. Post diem quartum quam essent nati, Apollo matris poenas exsecutus est; nam Parnassum venit et Pythonem sagittis interfecit (inde Pythius est dictus) ossaque eius in cortinam coniecit et in templo suo posuit, ludosque funebres ei fecit, qui ludi Pythia dicuntur.

MARSYAS

Minerva tibias dicitur prima ex osse cervino fecisse et ad epulum deorum cantatum venisse. Iuno et Venus cum eam irriderent, quod et caesia erat et buccas inflaret, foeda visa et in cantu irrisa in Idam silvam ad fontem venit, ibique cantans in aqua se aspexit et vidit se merito irrisam; unde tibias ibi abiecit et imprecata est, ut, quisquis eas sustulisset, gravi afficeretur supplicio.

Quas Marsyas Oeagri filius pastor unus e satyris invenit, quibus assidue commeletando sonum suaviorem in dies faciebat, adeo ut Apollinem ad citharae cantum in certamen provocaret. Quo ut Apollo venit, Musas iudices sumpserunt, et cum iam Marsyas inde victor discederet, Apollo citharam versabat idemque sonus erat; quod Marsya tibiis facere non potuit. Itaque Apollo victum Marsyan ad arborem religatum Scythae tradidit, qui cutem ei membratim separavit; reliquum corpus discipulo Olympo sepulturae tradidit, e cuius sanguine flumen Marsyas est appellatum.

DAPHNE

Apollo Daphnen Penei fluminis filiam virginem 16
cum persequeretur, illa a Terra praesidium 17

brachte Leto, indem sie sich an einem Ölbaum festhielt, Apoll und Artemis zur Welt, denen Hephaistos Pfeile als Geschenk gab. Am vierten Tage nach ihrer Geburt vollstreckte Apoll die Strafe seiner Mutter: Er kam zum Parnass und tötete Python mit seinen Pfeilen, wonach er Pythios genannt wurde. Die Knochen warf er in ein dreifüßiges Becken und stellte es in seinem Tempel auf. Ferner veranstaltete er Leichenspiele, die man die Pythischen Spiele nennt.

MARSYAS

Athene soll als erste eine Flöte aus einem Hirschknochen gefertigt haben und zum Mahl der Götter gekommen sein, um zu spielen. Hera und Aphrodite lachten sie aus, weil sie blau[17] wurde und ihre Backen aufblies. Weil sie hässlich ausgesehen hatte und beim Spiel verspottet worden war, ging sie in den Wald Ida zu einer Quelle. Dort betrachtete sie sich beim Flöten im Wasser und sah sich zu Recht verspottet. Daher warf sie die Flöte weg und sprach die Verwünschung aus, dass, wer sie aufhebe, schwer bestraft werden solle.

Der Hirt Marsyas, ein Sohn des Oiagros, ein Satyr, fand die Flöte. Durch ständiges Üben brachte er von Tag zu Tag einen süßeren Klang hervor, so dass er Apoll zum Wettstreit mit seinem Kitharaspiel herausforderte. Als Apoll gekommen war, nahmen sie die Musen zu Schiedsrichterinnen. Marsyas schien bereits als Sieger aus dem Wettkampf hervorzugehen, da drehte Apoll die Kithara um, und der Klang war derselbe. Dies konnte Marsyas mit der Flöte nicht tun. Deshalb band Apoll den besiegten Marsyas an einen Baum und übergab ihn einem Skythen, der ihm gliederweise die Haut abzog. Den übrigen Körper übergab er seinem Schüler Olympos zum Begräbnis. Nach seinem Blut hat der Fluss Marsyas seinen Namen bekommen.

DAPHNE

Als Apoll die jungfräuliche Daphne, die Tochter des Flussgottes Peneios, verfolgte[18], bat sie die Erdgöttin um Schutz.

petit, quae eam recepit in se et in arborem laurum commutavit. Apollo inde ramum fregit et in caput imposuit.

AESCULAPIUS

Aesculapius Apollinis filius Glauco Minois filio vitam reddidisse sive Hippolyto dicitur, quem Iuppiter ob id fulmine percussit. Apollo quod Iovi nocere non potuit, eos, qui fulmina fecerunt, id est Cyclopes, interfecit; quod ob factum Apollo datus est in servitutem Admeto regi Thessaliae.

ALCESTIS

Alcestim Peliae et Anaxibies Biantis filiae filiam complures proci petebant in coniugium; Pelias vitans eorum condiciones repudiavit et simultatem constituit ei se daturum, qui feras bestias ad currum iunxisset et Alcestim in coniugio avexisset.

Itaque Admetus ab Apolline petiit, ut se adiuvaret. Apollo autem, quod ab eo in servitutem liberaliter esset acceptus, aprum et leonem ei iunctos tradidit, quibus ille Alcestim avexit.

Et illud ab Apolline accepit, ut pro se alius voluntarie moreretur. Pro quo cum neque pater neque mater mori voluisset, uxor se Alcestis obtulit et pro eo vicaria morte interiit; quam postea Hercules ab inferis revocavit.

EUROPA

Europa Argiopes et Agenoris filia Sidonia. Hanc Iuppiter in taurum conversus a Sidone Cretam transportavit et ex ea procreavit Minoem Sarpedonem Rhadamanthum. Huius

Diese nahm sie in ihre Obhut und verwandelte sie in einen Lorbeerbaum. Apoll brach einen Zweig davon und legte ihn auf sein Haupt[19].

ASKLEPIOS

Asklepios, der Sohn Apolls, soll Glaukos[20], dem Sohn des Minos, oder dem Hippolytos[21] das Leben wiedergegeben haben. Dafür erschlug ihn Zeus mit dem Blitz. Weil Apoll Zeus keinen Schaden zufügen konnte, tötete er die Kyklopen, die die Blitze herstellten. Wegen dieser Tat musste Apoll bei Admetos, dem König von Thessalien, Sklavendienste leisten.

ALKESTIS

Mehrere Freier warben um Alkestis, die Tochter des Pelias und der Bias-Tochter Anaxibia. Pelias machte Ausflüchte und wies ihre Heiratsanträge ab. Er traf die Abmachung, er werde sie dem geben, der wilde Tiere vor einen Wagen spanne und Alkestis als Gattin entführe.

Admetos bat daher Apoll, ihm zu helfen. Weil Apoll von ihm während seiner Knechtschaft großmütig behandelt worden war, gab er ihm ein aus einem Eber und einem Löwen bestehendes Gespann, mit dem er Alkestis entführte.

Von Apoll erhielt Admetos auch die Vergünstigung, dass ein anderer freiwillig für ihn sterben könne. Als weder der Vater noch die Mutter für ihn sterben wollten, bot sich seine Gattin Alkestis an und ging an seiner Stelle in den Tod. Herakles holte sie später aus der Unterwelt zurück.

Europa

EUROPA

Europa aus Sidon[22] war die Tochter der Argiope und des Agenor. Zeus entführte Europa, nachdem er sich in einen Stier verwandelt hatte, von Sidon nach Kreta und zeugte mit ihr Minos, Sarpedon und Rhadamanthys[23]. Ihr Vater pater Agenor suos filios misit, ut sororem reducerent aut ipsi in suum conspectum non redirent.

Phoenix in Africam est profectus, ibique remansit; inde Afri Poeni sunt appellati. Cilix suo nomine Ciliciae nomen indidit.

Cadmus cum erraret, Delphos devenit; ibi responsum accepit, ut a pastoribus bovem emeret, qui lunae signum in latere haberet, eumque ante se ageret; ubi decubuisset, ibi fatum esse eum oppidum condere et ibi regnare.

Cadmus sorte audita cum imperata perfecisset et aquam quaereret, ad fontem Castalium venit, quem draco Martis filius custodiebat. Qui cum socios Cadmi interfecisset, a Cadmo lapide est interfectus, dentesque eius Minerva monstrante sparsit et aravit, unde Spartoe sunt enati. Qui inter se pugnarunt. Ex quibus quinque superfuerunt, id est Chthonius Udaeus Hyperenor Pelorus et Echion. Ex bove autem, quem secutus fuerat, Boeotia est appellata.

SEMELE

Cadmus Agenoris et Argiopes filius ex Harmonia Martis et Veneris filia procreavit filias quattuor, Semelen Ino Agauen Autonoen, et Polydorum filium.

Iovis cum Semele voluit concumbere; quod Iuno cum resciit, specie immutata in Beroen nutricem ad eam venit et persuasit, ut peteret ab Iove, ut eodem modo ad se quomodo ad Iunonem veniret, «ut intellegas», inquit, «quae sit voluptas cum deo concumbere.»

Agenor schickte seine Söhne aus: sie sollten ihre Schwester zurückbringen oder ihm nicht mehr unter die Augen treten.

Phoinix brach nach Afrika auf und blieb dort; daher heißen die Afrikaner Punier. Kilix benannte Kilikien nach seinem Namen.

Kadmos kam auf seiner Irrfahrt nach Delphi; dort wurde ihm das Orakel gegeben, er solle von Hirten ein Rind kaufen, das an seiner Flanke das Zeichen des Mondes trage, und solle es vor sich hertreiben. Wo es sich niederlege, dort sei ihm vom Schicksal bestimmt, eine Stadt zu gründen und als König zu herrschen.

Als Kadmos die Weissagung vernommen hatte, tat er, was ihm aufgetragen worden war. Auf der Suche nach Wasser kam er zur Kastalischen Quelle[24], die eine Schlange, ein Sohn des Ares, bewachte. Als die Schlange die Gefährten des Kadmos getötet hatte, wurde sie von ihm mit einem Stein niedergemacht. Auf Weisung der Athene säte er die Drachenzähne aus und pflügte den Boden: Daraus entstanden die Spartoi[25]. Diese kämpften miteinander. Fünf von ihnen überlebten, nämlich Chthonios, Udaios, Hyperenor, Peloros und Echion. Nach dem Rind aber, dem er gefolgt war, erhielt Böotien seinen Namen.

Geschichten von Dionysos

SEMELE

Kadmos, der Sohn des Agenor und der Argiope, zeugte mit Harmonia, der Tochter des Ares und der Aphrodite, vier Töchter, Semele, Ino, Agaue, Autonoe, und einen Sohn, Polydoros.

Zeus wollte mit Semele schlafen. Als Hera davon erfuhr, verwandelte sie sich in die Amme Beroe und ging zu Semele. Sie redete ihr ein, von Zeus zu verlangen, er solle in derselben Weise zu ihr kommen wie zu Hera, «damit du siehst», sagte sie, «welche Lust es ist, bei einem Gott zu liegen.»

Itaque Semele petiit ab Iove, ut ita veniret ad se. Qua re impetrata Iovis cum fulmine et tonitribus venit et Semele conflagravit. Ex utero eius Liber est natus, quem Mercurius ab igne ereptum Nyso dedit educandum, et Graece Dionysus est appellatus.

ICARIUS ET ERIGONE

Cum Liber pater ad homines esset profectus, ut suorum fructuum suavitatem atque iucunditatem ostenderet, ad Icarium et Erigonam in hospitium liberale devenit. Iis utrem plenum vini muneri dedit iussitque, ut in reliquas terras propagarent. Icarius plaustro onerato cum Erigone filia et cane Maera in terram Atticam ad pastores devenit et genus suavitatis ostendit. Pastores cum immoderatius biberent, ebrii facti conciderunt; qui arbitrantes Icarium sibi malum medicamentum dedisse fustibus eum interfecerunt.

Icarium autem occisum canis ululans Maera Erigonae monstravit, ubi pater insepultus iaceret; quo cum venisset, super corpus parentis in arbore suspendio se necavit. Ob quod factum Liber pater iratus Atheniensium filias simili poena afflixit.

De ea re ab Apolline responsum petierunt, quibus responsum est, quod Icarii et Erigones mortem neglexissent. Quo responso de pastoribus supplicium sumpserunt et Erigonae diem festum oscillationis pestilentiae causa instituerunt et ut per vindemiam de frugibus Icario et Erigonae primum delibarent.

Qui deorum voluntate in astrorum numerum sunt relati; Erigone signum Virginis, quam nos Iustitiam appellamus, Icarius Arcturus in sideribus est dictus, canis autem Maera Canicula.

Daher bat Semele Zeus, er solle so zu ihr kommen. Ihr Wunsch wurde erfüllt. Zeus kam mit Blitz und Donner, und Semele ging in Flammen auf. Aus ihrem Leib wurde Dionysos geboren. Hermes riss ihn aus dem Feuer und übergab ihn Nysos zur Erziehung. Deshalb heißt er auf griechisch Dionysos.

IKARIOS UND ERIGONE

Als Dionysos sich auf den Weg zu den Menschen gemacht hatte, um ihnen die Süße und den Wohlgeschmack seiner Früchte zu zeigen, kam er zu Ikarios und Erigone und wurde freundlich von ihnen aufgenommen. Er schenkte ihnen einen Schlauch voll Wein und forderte sie auf, für seine Verbreitung in den anderen Ländern zu sorgen. Ikarios belud einen Wagen und kam mit seiner Tochter Erigone und dem Hund Maira zu Hirten nach Attika und zeigte ihnen diese eigentümliche Art von Süßigkeit. Die Hirten tranken allzu unmäßig, bekamen einen Rausch und fielen zu Boden. Sie glaubten, Ikarios habe ihnen ein übles Gift gegeben und schlugen ihn mit Knüppeln tot.

Der Hund Maira aber heulte vor dem ermordeten Ikarios und zeigte Erigone dadurch, wo ihr Vater unbestattet lag. Als sie an die Stelle gekommen war, gab sie sich den Tod, indem sie sich über der Leiche ihres Vaters an einem Baum erhängte. Voll Zorn über den Vorfall verhängte Dionysos über die Töchter der Athener die gleiche Strafe.

Deswegen erbaten sie von Apoll ein Orakel, und sie erhielten die Antwort, sie hätten den Tod des Ikarios und der Erigone ungestraft gelassen. Auf diesen Orakelspruch hin bestraften sie die Hirten mit dem Tod, richteten zu Ehren Erigones wegen der drohenden Pest das «Schaukelfest»[26] ein und bestimmten, bei der Weinlese von den Früchten zuerst dem Ikarios und der Erigone zu opfern.

Ikarios und Erigone wurden nach dem Willen der Götter unter die Sterne versetzt, Erigone als Sternbild der Jungfrau, die wir «Iustitia» nennen, Ikarios als «Arkturus», der Hund Maira aber als «Canicula».

LYCURGUS

Lycurgus Dryantis filius Liberum de regno fugavit; quem cum negaret deum esse vinumque bibisset et ebrius matrem suam violare voluisset, tunc vites excidere est conatus, quod diceret illud malum medicamentum esse, quod mentes immutaret.

Qui insania ab Libero obiecta uxorem suam et filium interfecit ipsumque Lycurgum Liber pantheris obiecit in Rhodope, qui mons est Thraciae, cuius imperium habuit. Hic traditur unum pedem sibi pro vitibus excidisse.

TYRRHENI

Tyrrheni, qui postea Tusci sunt dicti, cum piraticam facerent, Liber pater impubis in navem eorum conscendit et rogat eos, ut se Naxum deferrent; qui cum eum sustulissent atque vellent ob formam constuprare, Acoetes gubernator eos inhibuit, qui iniuriam ab eis passus est.

Liber ut vidit in proposito eos permanere, remos in thyrsos commutavit, vela in pampinos, rudentes in hederam; deinde leones atque pantherae prosiluerunt. Qui ut viderunt, timentes in mare se praecipitaverunt; quos et in mari in aliud monstrum transfiguravit; nam quisquis se praecipitaverat, in delphini effigiem transfiguratus est; unde delphini Tyrrheni sunt appellati et mare Tyrrhenum est dictum. Numero autem fuerunt duodecim his nominibus, Aethalides Medon Lycabas Libys Opheltes Melas Alcimedon Epopeus Dictys Simon Acoetes; hic gubernator fuit, quem ob clementiam Liber servavit.

REX MIDAS

Midas rex Mygdonius filius Matris deae a Ti- 24
molo arbiter sumptus eo tempore, quo Apollo 25

LYKURGOS

Lykurgos, der Sohn des Dryas, vertrieb Dionysos aus seinem Reich; er sagte, dieser sei kein Gott, und nachdem er Wein getrunken und im Rausch seiner Mutter hatte Gewalt antun wollen, versuchte er, die Weinstöcke abzuhacken, weil der Wein, wie er sagte, ein übles Gift sei, das den Geist verändere.

Im Wahnsinn, mit dem ihn Dionysos schlug, brachte er seine Frau und seinen Sohn um. Dionysos warf ihn den Panthern auf dem Rhodope vor, einem Gebirge in Thrakien, über das er herrschte. Es heißt, dass er statt der Weinstöcke sich einen Fuß abgehauen hat.

DIE TYRRHENER

Obwohl die Tyrrhener, die später Etrusker genannt wurden, Seeräuberei betrieben, bestieg Dionysos als Knabe ihr Schiff und bat sie, ihn nach Naxos zu bringen. Sie nahmen ihn an Bord. Als sie ihn wegen seiner Schönheit vergewaltigen wollten, hinderte sie der Steuermann Akoites daran. Dafür musste er von ihnen Gewalttätigkeiten erdulden.

Als Dionysos sah, dass sie bei ihrer Absicht blieben, verwandelte er die Ruder in Thyrsosstäbe, die Segel in Weinblätter und die Taue in Efeuranken; dann sprangen Löwen und Panther hervor. Als die Seeleute das sahen, stürzten sie sich aus Angst ins Meer; und im Meer verwandelte er sie in eine andere wunderbare Erscheinung: jeder, der hinabgesprungen war, erhielt die Gestalt eines Delphins. Davon haben die Delphine den Namen «Tyrrhener», und das Meer heißt danach das «Tyrrhenische». Sie waren zwölf[27] an Zahl, mit folgenden Namen: Aithalides, Medon, Lykabas, Libys, Opheltes, Melas, Alkimedon, Epopeus, Diktys, Simon, Akoites. Der letzte war der Steuermann, den Dionysos wegen seiner Freundlichkeit rettete.

KÖNIG MIDAS

Der phrygische König Midas, ein Sohn der Göttermutter, wurde von Tmolos[28], zum Schiedrichter bestimmt, als Apoll cum Marsya vel Pane fistula certavit. Quod cum Timolus victoriam Apollini daret, Midas dixit Marsyae potius dandam. Tunc Apollo indignatus Midae dixit: «Quale cor in iudicando habuisti, tales et auriculas habebis.» Quibus auditis effecit, ut asininas haberet aures.

Eo tempore Liber pater cum exercitum in Indiam duceret Silenus aberravit, quem Midas hospitio liberaliter accepit atque ducem dedit, qui eum in comitatum Liberi deduceret. At Midae Liber pater ob beneficium deoptandi dedit potestatem, ut, quicquid vellet, peteret a se. A quo Midas petiit, ut, quicquid tetigisset, aurum fieret. Quod cum impetrasset et in regiam venisset, quicquid tetigerat, aurum fiebat.

Cum iam fame cruciaretur, petit a Libero, ut sibi speciosum donum eriperet; quem Liber iussit in flumine Pactolo se abluere, cuius corpus aquam cum tetigisset, facta est colore aureo; quod flumen nunc Chrysorrhoas appellatur in Lydia.

VENUS

In Euphratem flumen de caelo ovum mira magnitudine cecidisse dicitur, quod pisces ad ripam evolverunt, super quod columbae consederunt et excalfactum exclusisse Venerem, quae postea dea Syria est appellata; ea iustitia et probitate cum ceteros exsuperasset, ab Iove optione data pisces in astrorum numerum relati sunt, et ob id Syri pisces et columbas ex deorum numero habentes non edunt.

VULCANUS

Vulcanus cum resciit Venerem cum Marte clam concumbere et se virtuti eius obsistere non mit Marsyas oder Pan einen Wettstreit mit der Flöte austrug. Als Tmolos Apoll den Sieg zusprach, sagte Midas, man müsse ihn eher dem Marsyas zuerkennen. Da sagte Apoll empört zu Midas: «Wie dein Verstand war, den du bei deinem Urteil hattest, so sollen auch deine Ohren sein.» Mit diesen Worten bewirkte er, dass Midas Eselsohren bekam.

Zu dieser Zeit, als Dionysos seine Scharen nach Indien führte, kam Silenos[29] vom Weg ab. Midas nahm ihn freundlich als Gast auf und gab ihm einen Führer, der ihn zum Gefolge des Dionysos zurückbringen sollte. Wegen dieser guten Tat gab Dionysos Midas die Erlaubnis, sich von ihm zu wünschen, was er nur wollte. Da wünschte er sich, alles was er berühre, solle zu Gold werden. Sein Wunsch ging in Erfüllung, und als er in seinen Palast kam, wurde alles zu Gold, was er berührte.

Als er dann aber vom Hunger gequält wurde, bat er Dionysos, ihm das glänzende Geschenk wieder abzunehmen. Dionysos befahl ihm, sich im Fluss Paktolos zu waschen. Als sein Körper das Wasser berührte, bekam es eine goldene Farbe. Dieser Fluss heißt jetzt in Lydien Chrysorrhoas.

Aphrodite

APHRODITE

In den Euphrat soll einst vom Himmel ein Ei von wunderbarer Größe gefallen sein. Fische rollten es ans Ufer, Tauben setzten sich darauf, brüteten es aus und ließen Aphrodite ausschlüpfen, die später Syrische Göttin[30] genannt wurde. Da sie die anderen Götter an Gerechtigkeit und Redlichkeit übertraf, durfte sie sich von Zeus etwas wünschen, und so wurden die Fische unter die Sterne versetzt. Deswegen essen die Syrer keine Fische und keine Tauben, weil sie diese zu den Göttern zählen.

HEPHAISTOS

Als Hephaistos erfuhr, dass Aphrodite heimlich mit Ares schlief, und einsah, dass er sich dessen Kraft nicht entgegenposse, catenam ex adamante fecit et circum lectum posuit, ut Martem astutia deciperet. Ille cum ad constitutum venisset, concidit cum Venere in plagas, adeo ut se exsolvere non posset. Id Sol cum Vulcano nuntiasset, ille eos nudos cubantes vidit; deos omnis convocavit; qui ut viderunt, riserunt. Ex eo Martem, id ne faceret, pudor terruit.

Ex eo conceptu nata est Harmonia, cui Minerva et Vulcanus vestem sceleribus tinctam muneri dederunt, ob quam rem progenies eorum scelerata exstitit. Soli autem Venus ob indicium ad progeniem eius semper fuit inimica.

PHRIXUS

Phrixus et Helle insania a Libero obiecta cum in silva errarent, Nebula mater eo dicitur venisse et arietem inauratum adduxisse, Neptuni et Theophanes filium, eumque natos suos ascendere iussit et Colchos ad regem Aeolum Solis filium transire ibique arietem Marti immolare.

Ita dicitur esse factum; quo cum ascendissent et aries eos in pelagus detulisset, Helle de ariete decidit, ex quo Hellespontum pelagus est appellatum, Phrixum autem Colchos detulit; ibi matris praeceptis arietem immolavit pellemque eius inauratam in templo Martis posuit, quam servante dracone Iason Aesonis et Alcimedes filius dicitur petisse.

Phrixum autem Aeeta libens recepit filiamque Chalciopen dedit ei uxorem; quae postea
liberos ex eo procreavit. Sed veritus est Aeeta, 28
ne se regno eicerent, quod ei responsum fuit 29

stellen konnte, schmiedete er ein Netz aus Stahl und legte es um das Bett in der Absicht, Ares mit einer List hereinzulegen. Als dieser zum Stelldichein gekommen war, fiel er mit Aphrodite in die Schlingen, so dass er sich nicht befreien konnte. Helios meldete es Hephaistos, und dieser sah sie nackt daliegen. Er rief alle Götter zusammen, und als sie es sahen, lachten sie. Seitdem hielt die Scham Ares davon ab, es wieder zu tun.

Aus diesem Beilager wurde Harmonia geboren, der Athene und Hephaistos ein mit Verbrechen[31] getränktes Kleid schenkten. Deshalb wurden ihre Nachkommen verbrecherisch. Dem Helios aber war Aphrodite, weil er sie verraten hatte, bis zu seinen Nachkommen immer feindlich gesinnt.

Jason und Medea

PHRIXOS

Als Phrixos und Helle[32], von Dionysos mit Wahnsinn geschlagen, im Wald umherirrten, soll ihre Mutter Nephele dorthin gekommen sein und einen Widder mit goldenem Vlies gebracht haben, den Sohn des Poseidon und der Theophane. Sie forderte ihre Kinder auf, ihn zu besteigen und sich nach Kolchis zu begeben zu König Aiolos, dem Sohn des Helios, und dort den Widder dem Ares zu opfern.

So soll es geschehen sein. Sie stiegen auf den Widder, und er trug sie über das Meer; Helle aber fiel von dem Widder herunter – davon hat das Meer den Namen Hellespont; den Phrixos aber brachte er nach Kolchis. Dort opferte er den Widder nach der Weisung der Mutter und hängte das goldene Vlies im Heiligtum des Ares auf. Ein Drache bewachte es, und Jason, der Sohn des Aison und der Alkimede, soll es geholt haben.

Aietes[33] nahm Phrixos gern auf und gab ihm seine Tochter Chalkiope zur Frau; sie bekam später Kinder von ihm. Aietes aber fürchtete, sie würden ihn vom Thron drängen; es wurde ihm nämlich durch Vorzeichen kundgetan, er ex prodigiis ab advena Aeoli filio mortem caveret; itaque Phrixum interfecit.

At filii eius, Argus Phrontis Melas Cylindrus, in ratem conscenderunt, ut ad avum Athamantem transirent: Hos Iason cum pellem peteret, naufragos ex insula Dia sustulit et ad Chalciopen matrem reportavit, cuius beneficio ad sororem Medeam est commendatus.

AEETA

Aeetae Solis filio erat responsum tam diu eum regnum habiturum, quamdiu ea pellis, quam Phrixus consecraverat, in fano Martis esset. Itaque Aeeta Iasoni hanc simultatem constituit, si vellet pellem auratam auferre, tauros aeripedes, qui flammas naribus spirabant, iungeret adamanteo iugo et araret dentesque draconis ex galea sereret, ex quibus gens armatorum statim enascerentur et se mutuo interficerent.

Iuno autem Iasonem ob id semper voluit servatum, quod, cum ad flumen venisset volens hominum mentes temptare, anum se simulavit et rogavit, ut se transferrent; cum ceteri, qui transierant, despexissent, ille transtulit eam. Itaque cum sciret Iasonem sine Medeae consilio imperata perficere non posse, petit a Venere, ut Medeae amorem iniceret. Iason a Medea Veneris impulsu amatus est; eius opera ab omni periculo liberatus est. Nam cum tauris arasset et armati essent enati, Medeae monitu lapidem inter eos abiecit; illi inter se pugnantes alius alium interfecerunt. Dracone autem venenis sopito pellem de fano sustulit, in patriamque cum Medea est profectus.

solle sich vor dem Tod durch einen Fremden, einen Sohn des Aiolos[34], in acht nehmen. Deshalb tötete er den Phrixos.

Doch dessen Söhne Argos, Phrontis, Melas und Kylindros[35] bestiegen ein Floß, um zu ihrem Großvater Athamas zu fahren. Als Jason das Vlies holen wollte, nahm er sie als Schiffbrüchige auf der Insel Dia an Bord und brachte sie zu ihrer Mutter Chalkiope zurück. Deren Freundlichkeit verschaffte ihm Ansehen bei Chalkiopes Schwester Medea.

AIETES

Aietes, der Sohn des Helios, hatte das Orakel erhalten, er werde die Königsherrschaft so lange besitzen, wie das Vlies, das Phrixos dem Gott geweiht hatte, im Heiligtum des Ares sei. Daher stellte Aietes dem Jason[36] folgende Aufgabe: Wenn er das Goldene Vlies holen wolle, solle er erzfüßige Stiere, die Flammen aus ihren Nüstern bliesen, unter ein stählernes Joch spannen. Mit diesen solle er pflügen und Drachenzähne aus einem Helm aussäen, aus denen sogleich ein Geschlecht von Bewaffneten entstehen und sich gegenseitig umbringen werde.

Hera aber wollte aus folgendem Grund für immer Jasons Rettung: Als sie einmal an einen Fluss gekommen war, gab sie sich, weil sie die Gesinnung der Menschen prüfen wollte, als alte Frau aus und bat, man möge sie hinüberbringen. Während alle anderen, die übersetzten, mit Verachtung auf sie herabsahen, trug Jason sie hinüber. Da sie wusste, dass Jason den Auftrag ohne Medeas Rat nicht ausführen konnte, bat sie Aphrodite, in Medea Liebe zu wecken. So verliebte sich Medea auf Aphrodites Betreiben in Jason. Durch Medeas Zutun wurde er von jeder Gefahr befreit. Denn als er mit den Stieren gepflügt hatte und die Bewaffneten aus der Erde hervorgewachsen waren, warf er auf Anraten der Medea einen Stein unter sie. Da kämpften sie miteinander und töteten sich gegenseitig. Der Drache wurde mit einem Zaubermittel eingeschläfert, Jason holte das Vlies aus dem Heiligtum und brach mit Medea in die Heimat auf.

ABSYRTUS

Aeeta ut resciit Medeam cum Iasone profugisse, nave comparata misit Absyrtum filium cum satellitibus armatis ad eam persequendam. Qui cum in Adriatico mari in Histria eam persecutus esset ad Alcinoum regem et vellet armis contendere, Alcinous se inter eos interposuit, ne bellarent; quem iudicem sumpserunt, qui eos in posterum distulit.

Qui cum tristior esset et interrogatus est a coniuge Arete, quae causa esset tristitiae, dixit se iudicem sumptum a duabus diversis civitatibus, inter Colchos et Argivos. Quem cum interrogaret Arete, quidnam esset iudicaturus, respondit Alcinous, si virgo fuerit Medea, parenti redditurum, sin autem mulier, coniugi. Hoc cum audivit Arete a coniuge, mittit nuntium ad Iasonem, et is Medeam noctu in antro devirginavit. Postero autem die cum ad iudicium venissent et Medea mulier esset inventa, coniugi est tradita. Nihilominus cum profecti essent, Absyrtus timens patris praecepta persecutus est eos in insulam Minervae; ibi cum sacrificaret Minervae Iason et Absyrtus intervenisset, ab Iasone est interfectus. Cuius corpus Medea sepulturae dedit, atque inde profecti sunt.

Colchi, qui cum Absyrto venerant, timentes Aeetam illic remanserunt oppidumque condiderunt, quod ab Absyrti nomine Absorin appellarunt. Haec autem insula posita est in Histria contra Polam, iuncta insulae Cantae.

IASON: PELIADES

Iason cum Peliae patrui sui iussu tot pericula adisset, cogitare coepit, quomodo eum sine suspicione interficeret. Hoc Medea se facturam pollicetur.

ABSYRTOS

Als Aietes erfuhr, Medea sei mit Jason geflüchtet, ließ er ein Schiff bereitmachen und schickte seinen Sohn Absyrtos mit bewaffneten Begleitern, die sie verfolgen sollten. Als er sie in Istrien, der Halbinsel im Adriatischen Meer, bis zum König Alkinoos[37] verfolgt hatte und mit Waffen streiten wollte, da trat Alkinoos zwischen sie, um sie vom Kampf abzuhalten. Sie nahmen ihn als Schiedsrichter, doch er hielt sie bis zum folgenden Tag hin.

Alkinoos war recht betrübt, und als er von seiner Frau Arete[38] nach dem Grund seines Kummers gefragt wurde, sagte er, er sei von zwei ganz verschiedenen Völkern, den Kolchern und den Griechen, zum Schiedsrichter bestimmt worden. Als Arete ihn fragte, wie er entscheiden werde, antwortete Alkinoos: Wenn Medea eine Jungfrau sei, werde er sie ihrem Vater zurückgeben, wenn sie aber eine Frau sei, ihrem Ehemann. Sowie Arete das von ihrem Mann gehört hatte, schickte sie einen Boten zu Jason, und dieser entjungferte Medea nachts in einer Höhle. Als sie am nächsten Tag zum Schiedsgericht kamen und man herausfand, dass Medea eine Frau war, wurde sie ihrem Gatten übergeben. Trotzdem verfolgte Absyrtos sie, als sie aufbrachen, aus Furcht vor den Weisungen seines Vaters bis zur Insel der Athene. Als Jason dort der Athene opferte und Absyrtos dazukam, wurde er von Jason niedergemacht[39]. Medea ließ seinen Leichnam bestatten, und sie zogen fort.

Die Kolcher, die mit Absyrtos gekommen waren, blieben aus Angst vor Aietes da und gründeten eine Stadt, die sie nach dem Namen des Absyrtos Absoris[40] nannten. Die Insel aber liegt in Istrien gegenüber von Pola und ist mit der Insel Kanta[41] verbunden.

JASON

Nachdem sich Jason auf Befehl seines Onkels Pelias so vielen Gefahren ausgesetzt hatte, begann er darüber nachzudenken, wie er ihn, ohne Verdacht zu erregen, töten könne. Medea versprach, die Tat auszuführen.

Itaque cum iam longe a Colchis essent, navem iussit in occulto collocari et ipsa ad Peliae filias pro sacerdote Dianae venit; eis pollicetur se patrem earum Pelian ex sene iuvenem facturam, idque Alcestis maior filia negavit fieri posse. Medea quo facilius eam perduceret ad suam voluntatem, caliginem eis obiecit et ex venenis multa miracula fecit, quae veri similia esse viderentur, arietemque vetulum in aeneum coniecit, unde agnus pulcherrimus prosiluisse visus est.

Eodemque modo inde Peliades, id est Alcestis Pelopia Medusa Pisidice Hippothoe, Medeae impulsu patrem suum occisum in aeneo coxerunt. Cum se deceptas esse viderent, a patria profugerunt.

At Iason signo a Medea accepto regia est potitus Acastoque Peliae filio fratri Peliadum, quod secum Colchos ierat, regnum paternum tradidit; ipse cum Medea Corinthum profectus est.

MEDEA

Aeetae Medea et Idyiae filia cum ex Iasone iam filios Mermerum et Pheretem procreasset summaque concordia viverent, obiciebatur ei hominem tam fortem ac formosum ac nobilem uxorem advenam atque veneficam habere. Huic Creon Menoeci filius rex Corinthius filiam suam minorem Glaucen dedit uxorem. Medea cum vidit se erga Iasonem bene merentem tanta contumelia esse affectam, coronam ex venenis fecit auream eamque muneri filios suos iussit novercae dare. Creusa munere accepto cum Iasone et Creonte conflagravit. Medea ubi regiam ardere vidit, natos suos ex Iasone Mermerum et Pheretem interfecit et profugit a Corintho.

Als sie schon weit von Kolchis entfernt waren[42], ließ sie daher das Schiff in einem Versteck festmachen und ging selbst als Artemispriesterin zu den Töchtern des Pelias. Sie versprach ihnen, ihren greisen Vater in einen jungen Mann zu verwandeln; Alkestis aber, die älteste Tochter, sagte, das sei nicht möglich. Um sie leichter für ihre Absicht zu gewinnen, hüllte sie sie in Dunkelheit ein und vollführte aus Zaubermitteln viele Wunderdinge, die wie wirklich erschienen. So warf sie einen alten Widder in einen Kessel, und ein wunderschönes Lamm schien herauszuspringen.

Auf dieselbe Weise kochten die Peliastöchter Alkestis, Pelopeia, Medusa, Peisidike und Hippothoe auf Betreiben der Medea ihren Vater in dem Kessel, nachdem sie ihn getötet hatten. Als sie sahen, dass sie getäuscht worden waren, flohen sie aus ihrer Heimat.

Doch Jason bemächtigte sich, nachdem er von Medea ein Zeichen bekommen hatte, der Königsburg und übergab Akastos, dem Sohn des Pelias und Bruder der Peliaden, weil er mit ihm nach Kolchis gegangen war, die väterliche Herrschaft. Er selbst brach mit Medea nach Korinth auf.

MEDEA

Medea, die Tochter des Aietes und der Eidyia, hatte von Jason bereits zwei Söhne bekommen, Mermeros und Pheretes, und sie lebten in größter Eintracht. Doch ihr wurde zum Vorwurf gemacht, dass ein so tapferer, schöner und berühmter Mann eine Ausländerin und Giftmischerin zur Frau habe. Da gab ihm Kreon, der Sohn des Menoikeus[43] und König von Korinth, seine jüngere Tochter Glauke zur Frau. Sowie Medea sah, dass ihr, obwohl sie sich um Jason sehr verdient gemacht hatte, solche Schmach zugefügt wurde, flocht sie aus Zaubermitteln einen goldenen Kranz und befahl ihren Söhnen, ihn ihrer Stiefmutter zu schenken. Als Kreusa[44] das Geschenk in Empfang nahm, ging sie mit Jason und Kreon in Flammen auf. Sowie Medea den Königspalast brennen sah, tötete sie ihre Söhne Mermeros und Pheretes, die sie von Jason hatte, und floh aus Korinth.

MEDEA EXUL

Medea Corintho exul Athenas ad Aegeum Pandionis filium devenit in hospitium eique nupsit; ex eo natus est Medus.

Postea sacerdos Dianae Medeam exagitare coepit regique negabat sacra caste facere posse eo, quod in ea civitate esset mulier venefica et scelerata. Tunc iterum exulatur.

Medea autem iunctis draconibus ab Athenis Colchos redit; quae in itinere Absoridem venit, ubi frater Absyrtus sepultus erat. Ibi Absoritani serpentium multitudini resistere non poterant; Medea autem ab eis rogata lectas eas in tumulum fratris coniecit, quae adhuc ibi permanentes, si qua autem extra tumulum exit, debitum naturae persolvit.

ALCIMENA

Amphitryon cum abesset ad expugnandam Oechaliam, Alcimena aestimans Iovem coniugem suum esse eum thalamis recepit. Qui cum in thalamos venisset et ei referret, quae in Oechalia gessisset, ea credens coniugem esse cum eo concubuit. Qui tam libens cum ea concubuit, ut unum diem usurparet, duas noctes congeminaret, ita ut Alcimena tam longam noctem ammiraretur. Postea cum nuntiaretur ei coniugem victorem adesse, minime curavit, quod iam putabat se coniugem suum vidisse.

Qui cum Amphitryon in regiam intrasset et eam videret neglegentius securam, mirari coepit et queri quod se advenientem non excepisset; cui Alcimena respondit: «Iam pridem venisti et mecum concubuisti et mihi narrasti, quae in

MEDEA IN DER VERBANNUNG

Auf ihrer Flucht aus Korinth kam Medea nach Athen zu Aigeus, dem Sohn des Pandion; sie fand Aufnahme und wurde seine Frau. Von ihm bekam sie den Sohn Medos.

Später begann die Priesterin der Artemis Medea anzugreifen und sagte zum König, sie könne die Opfer nicht gottgefällig vollziehen, weil eine Giftmischerin und Verbrecherin in der Stadt sei. Da musste Medea wiederum auswandern.

Mit einem Drachengespann kehrte sie von Athen nach Kolchis zurück. Unterwegs kam sie nach Absoris[45], wo ihr Bruder Absyrtos begraben war. Dort konnten die Einwohner sich der Unzahl von Schlangen nicht erwehren. Sie baten Medea um Hilfe. Diese sammelte die Schlangen und warf sie in das Grab ihres Bruders, wo sie bis heute geblieben sind. Wenn aber eine aus dem Grab herauskommt, bezahlt sie es mit dem Leben.

Herakles

ALKMENE

Als Amphitryon[46] in der Ferne weilte, um Oichalia[47] zu erobern, empfing Alkmene Zeus im Glauben, er sei ihr Mann, in ihrem Schlafgemach. Er trat ins Schlafgemach und berichtete ihr von seinen Taten in Oichalia, und sie schlief mit ihm in der Meinung, er sei ihr Mann. Zeus machte es so viel Freude, bei ihr zu liegen, dass er einen Tag für sich beanspruchte und zwei Nächte zu einer doppelten vereinte, so dass Alkmene sich über die lange Dauer der Nacht wunderte. Später meldete man ihr, ihr Gemahl sei als Sieger heimgekommen, doch sie schenkte dieser Nachricht überhaupt keine Beachtung, weil sie dachte, sie habe ihren Mann schon gesehen.

Als Amphitryon den Palast betrat und sie gar so unbekümmert und gleichgültig sah, wunderte er sich und beklagte sich, dass sie ihn bei seiner Ankunft nicht empfangen habe. Alkmene antwortete ihm: «Du bist doch schon lange da und hast mit mir geschlafen und hast mir von deinen Taten

Oechalia gessisses.» Quae cum signa omnia diceret, sensit Amphitryon numen aliquod fuisse pro se, ex qua die cum ea non concubuit. Quae ex Iove compressa peperit Herculem.

HERCULIS ATHLA DUODECIM AB EURYSTHEO IMPERATA

Infans cum esset, dracones duos duabus manibus necavit, quos Iuno miserat, unde primigenius est dictus.

Leonem Nemaeum, quem Luna nutrierat in antro amphistomo atrotum, necavit, cuius pellem pro tegumento habuit.

Hydram Lernaeam Typhonis filiam cum capitibus novem ad fontem Lernaeum interfecit. Haec tantam vim veneni habuit, ut afflatu homines necaret, et si quis eam dormientem transierat, vestigia eius afflabat et maiori cruciatu moriebatur. Hanc Minerva monstrante interfecit et exinteravit et eius felle sagittas suas tinxit; itaque quicquid postea sagittis fixerat, mortem non effugiebat, unde postea et ipse periit in Phrygia.

Aprum Erymanthium occidit.

Cervum ferocem in Arcadia cum cornibus aureis vivum in conspectu Eurysthei regis adduxit.

Aves Stymphalides in insula Martis, quae emissis pennis suis iaculabantur, sagittis interfecit.

Augeae regis stercus bobile uno die purgavit, maiorem partem Iove adiutore; flumine ammisso totum stercus abluit.

Taurum, cum quo Pasiphae concubuit, ex Creta insula Mycenis vivum adduxit.

Diomedem Thraciae regem et equos quattuor eius, qui carne humana vescebantur, cum Abin Oichalia erzählt.» Als sie alle Anzeichen berichtete, merkte Amphitryon, dass irgendein Gott an seiner Stelle dagewesen war. Seit dem Tag schlief er nicht mehr mit ihr. Sie aber bekam von Zeus den Herakles[48].

DIE ZWÖLF ARBEITEN DES HERAKLES DIE IHM EURYSTHEUS GESTELLT HATTE

Als kleines Kind tötete er nur mit seinen zwei Händen die zwei Schlangen, die Hera geschickt hatte. Er wurde daher Primigenius[49] genannt.

Er tötete den Nemeischen Löwen, den die Mondgöttin in einer Höhle mit zwei Eingängen aufgezogen hatte und der unverwundbar war. Sein Fell nahm er als Gewand.

Die Lernäische Schlange mit neun Köpfen, die Tochter des Typhon, tötete er an der Lernäischen Quelle. Diese Schlange besaß ein so starkes Gift, dass sie mit ihrem Hauch Menschen töten konnte; wenn jemand über sie gestiegen war, während sie schlief, hauchte sie seine Fußsohlen an, und er starb unter größten Qualen. Herakles tötete sie auf Weisung der Athene, weidete sie aus und tauchte seine Pfeile in ihre Galle. Alles, was er später mit seinen Pfeilen traf, wurde daher vom Tod ereilt, und deswegen ging er später selber in Phrygien zugrunde.

Er tötete den Erymanthischen Eber.

Den wilden Hirsch in Arkadien mit goldenem Geweih brachte er lebend vor Eurystheus' Augen.

Die Stymphalischen Vögel auf der Insel des Ares, die ihre Federn als Geschosse verwendeten, tötete er mit seinen Pfeilen.

Den Kuhstall des Königs Augias reinigte er an einem einzigen Tag, hauptsächlich dank der Hilfe des Zeus[50]. Durch Einleiten eines Flusses spülte er den ganzen Mist hinaus.

Den Stier, mit dem Pasiphaë schlief, brachte er von der Insel Kreta lebend nach Mykene.

Den Thrakerkönig Diomedes und seine vier Pferde, die sich von Menschenfleisch nährten, tötete er mit seinem dero famulo interfecit; equorum autem nomina Podargus Lampon Xanthus Dinus.

Hippolyten Amazonam, Martis et Otrerae reginae filiam, cui reginae Amazonis balteum detraxit; tum Antiopam captivam Theseo donavit.

Geryonem Chrysaoris filium trimembrem uno telo interfecit.

Draconem immanem Typhonis filium, qui mala aurea Hesperidum servare solitus erat, ad montem Atlantem interfecit, et Eurystheo regi mala attulit.

Canem Cerberum Typhonis filium ab inferis regi in conspectum adduxit.

PARERGA EIUSDEM

Antaeum Terrae filium in Libya occidit. Hic cogebat hospites secum luctari et delassatos interficiebat; hunc luctando necavit. Busiridem in Aegypto, qui hospites immolare solitus erat; huius legem cum audiit, passus est se cum infula ad aram adduci, Busiris autem cum vellet deos imprecari, Hercules eum clava ac ministros sacrorum interfecit.

Cygnum Martis filium armis superatum occidit. Quo cum Mars venisset et armis propter filium contendere vellet cum eo, Iovis inter eos fulmen misit.

Cetum, cui Hesione fuit apposita, Troiae occidit; Laomedontem patrem Hesiones, quod eam non reddebat, sagittis interfecit.

Aethonem aquilam, quae Prometheo cor exedebat, sagittis interfecit.

Lycum Neptuni filium, quod Megaram Creontis filiam uxorem eius et filios Therimachum et Ophiten occidere voluit, interfecit. 40

Achelous fluvius in omnes figuras se im- 41

Diener Abderos[51]; die Pferde hießen Podargos, Lampon, Xanthos und Dinos.

Er tötete die Amazone Hippolyte, die Tochter des Ares und der Königin Otrere: er nahm ihr den Gürtel der Amazonenkönigin ab. Sodann schenkte er die gefangene Antiope[52] dem Theseus.

Geryones, den Sohn des Chrysaor, der drei Leiber besaß, tötete er mit nur einem Schuss.

Den riesigen Drachen, den Sohn des Typhon, der die goldenen Äpfel der Hesperiden zu bewachen pflegte, tötete er am Fuß des Atlasgebirges und brachte dem König Eurystheus die Äpfel.

Den Kerberos-Hund, den Sohn des Typhon, holte er aus der Unterwelt vor die Augen des Königs.

KLEINERE ARBEITEN DES HERAKLES

Antaios, den Sohn der Erdgöttin, schlug er in Libyen tot. Der nämlich zwang Fremde, mit ihm zu ringen, und wenn sie erschöpft waren, machte er sie nieder. Herakles tötete ihn im Ringkampf. Busiris in Ägypten, der Fremde als Opfer zu schlachten pflegte, schlug er tot. Als Herakles von dessen Gewohnheit hörte, ließ er sich mit einer Stirnbinde zum Altar führen. Doch als Busiris die Götter anrufen wollte, erschlug Herakles ihn und die Opferdiener mit der Keule.

Kygnos, den Sohn des Ares, bezwang er mit Waffen und tötete ihn. Als Ares kam und wegen seines Sohnes gegen ihn kämpfen wollte, schleuderte Zeus einen Blitz zwischen sie.

Das Meeresungeheuer, dem Hesione zum Fraß vorgesetzt worden war, schlug er in Troja tot. Hesiones Vater Laomedon tötete er mit seinen Pfeilen, weil er ihm die Tochter nicht herausgeben wollte.

Er tötete mit seinen Pfeilen den rotbraunen Adler, der dem Prometheus das Herz zerfraß.

Lykos, den Sohn des Poseidon, tötete er, weil dieser Herakles' Gattin Megara, die Tochter des Kreon, und seine Söhne Therimachos und Ophites ermorden wollte.

Der Fluss Acheloos konnte alle möglichen Gestalten anmutabat. Hic cum Hercule propter Deianirae coniugium cum pugnaret, in taurum se convertit, cui Hercules cornu detraxit, quod cornu Hesperidibus sive Nymphis donavit, quod deae pomis replerunt et cornu copiae appellarunt.

Neleum Hippocoontis filium cum decem filiis occidit, quoniam is eum purgare sive lustrare noluit tunc, cum Megaram Creontis filiam uxorem suam et filios Therimachum et Ophiten interfecerat.

Eurytum, quod Iolen filiam eius in coniugium petiit et ille eum repudiavit, occidit.

Centaurum Nessum, quod Deianiram violare voluit, occidit.

Eurytionem centaurum, quod Deianiram Dexameni filiam speratam suam uxorem petiit, occidit.

MEGARA

Hercules cum ad canem tricipitem esset missus ab Eurystheo rege et Lycus Neptuni filius putasset eum periisse, Megaram Creontis filiam uxorem eius et filios Therimachum et Ophiten interficere voluit et regnum occupare. Hercules eo intervenit et Lycum interfecit; postea ab Iunone insania obiecta Megaram et filios Therimachum et Ophiten interfecit.

Postquam suae mentis compos est factus, ab Apolline petiit dari sibi responsum, quomodo scelus purgaret; cui Apollo sortem quod reddere noluit, Hercules iratus de fano eius tripodem sustulit, quem postea Iovis iussu reddidit, et nolentem sortem dare iussit. Hercules ob id a Mercurio Omphalae reginae in servitutem datus est.

nehmen. Als er mit Herakles um die Hand der Deianeira kämpfte, verwandelte er sich in einen Stier; Herakles riss ihm ein Horn ab und schenkte es den Hesperiden oder den Nymphen. Dieses Horn füllten die Göttinnen mit Obst und nannten es Füllhorn.

Neleus, den Sohn des Hippokoon, tötete er zusammen mit dessen zehn Söhnen, weil dieser ihn damals nicht reinigen oder entsühnen wollte, als er seine Frau Megara, die Tochter des Kreon, und seine Söhne Therimachos und Ophites umgebracht hatte.

Eurytos tötete er, weil er seine Tochter Iole zur Frau haben wollte und dieser ihn zurückwies.

Den Kentauren[53] Nessos schlug er tot, weil er Deianeira vergewaltigen wollte.

Den Kentauren Eurytion tötete er, weil er um Deianeira[54], die Tochter des Dexamenos, warb, die er sich selber als Gattin erhoffte.

MEGARA

Als Herakles von König Eurystheus zum dreiköpfigen Hund[55] geschickt worden war, glaubte Lykos, der Sohn Poseidons, er sei dabei umgekommen; daher wollte er Megara, die Tochter Kreons, Herakles' Gattin, und dessen Söhne Therimachos und Ophites ermorden und die Herrschaft in Besitz nehmen. Da erschien Herakles und tötete ihn. Später ermordete er, als Hera ihn in Wahnsinn hatte fallen lassen, Megara und seine Söhne Therimachos und Ophites.

Als er wieder seiner Sinne mächtig war, bat er Apoll, er solle ihm in einem Orakelspruch sagen, wie er das Verbrechen sühnen könne. Apoll wollte ihm kein Orakel geben. Da schaffte Herakles voll Zorn den Dreifuß aus seinem Tempel. Auf Zeus' Befehl gab er ihn später wieder zurück und forderte Apoll auf, ihm ein Orakel zu geben, aber der weigerte sich. Aus diesem Grund wurde Herakles von Hermes in den Dienst der Königin Omphale gegeben.

CENTAURI

Hercules cum in hospitium ad Dexamenum regem venisset eiusque filiam Deianiram devirginasset fidemque dedisset se eam uxorem ducturum, post discessum eius Eurytion Ixionis et Nubis filius centaurus petit Deianiram uxorem. Cuius pater vim timens pollicitus est se daturum. Die constituto venit cum fratribus ad nuptias. Hercules intervenit et centaurum interfecit, suam speratam abduxit.

Item aliis in nuptiis, Pirithous Hippodamiam Adrasti filiam cum uxorem duceret, vino pleni centauri conati sunt rapere uxores Lapithis; eos centauri multos interfecerunt, ab ipsis interierunt.

NESSUS

Nessus Ixionis et Nubis filius centaurus rogatus ab Deianira, ut se flumen Euhenum transferret: quam sublatam in flumine ipso violare voluit. Hoc Hercules cum intervenisset et Deianira cum fidem eius implorasset, Nessum sagittis confixit.

Ille moriens, cum sciret sagittas hydrae Lernaeae felle tinctas quantam vim haberent veneni, sanguinem suum exceptum Deianirae dedit et id philtrum esse dixit; si vellet, ne se coniunx sperneret, eo iuberet vestem eius perungi. Id Deianira credens conditum diligenter servavit.

IOLE

Hercules cum Iolen Euryti filiam in coniugium petiisset, ille eum repudiasset, Oechaliam expugnavit; qui ut a virgine rogaretur, parentes eius coram ea interficere velle coepit. Illa animo pertinacior parentes suos ante se necari est

DIE KENTAUREN

Als Herakles bei König Dexamenos zu Gast war und dessen Tochter Deianeira entjungfert hatte, gab er sein Wort, er werde sie heiraten. Nach seiner Abreise bat jedoch der Kentaure[56] Eurytion, der Sohn des Ixion und der Nephele, um Deianeiras Hand. Ihr Vater hatte Angst vor Gewalttätigkeiten und versprach, sie ihm zur Frau zu geben. Am festgesetzten Tag kam er mit seinen Brüdern zur Hochzeit. Da erschien Herakles, erschlug den Kentauren und entführte seine Verlobte.

Ebenso geschah es bei einer anderen Hochzeit: Als Peirithoos Hippodameia, die Tochter des Adrastos, heiratete, versuchten die vom Wein berauschten Kentauren den Lapithen die Frauen zu rauben. Die Kentauren töteten viele von ihnen, kamen aber selber durch deren Hand um.

NESSOS

Der Kentaure Nessos, der Sohn des Ixion und der Nephele, wurde von Deianeira gebeten, sie über den Fluss Euhenos zu setzen. Er nahm sie auf den Rücken und wollte ihr mitten im Fluss Gewalt antun. Als Herakles deswegen einschritt und Deianeira ihn um Schutz anflehte, durchbohrte er Nessos mit seinen Pfeilen.

Der wusste, welche Giftwirkung die in die Galle der lernäischen Schlange getauchten Pfeile hatten. Sterbend fing er daher sein Blut auf, gab es Deianeira und sagte, es sei ein Liebestrank. Wenn sie wolle, dass ihr Gatte sie nicht verstoße, solle sie sein Gewand damit einreiben lassen. Deianeira glaubte es, brachte das Blut in Sicherheit und hob es sorgsam auf.

IOLE

Als Herakles um Iole, die Tochter des Eurytos, anhielt, jener ihn aber abwies, eroberte er Oichalia. Um von dem Mädchen angefleht zu werden, wollte er ihre Verwandten in ihrer Gegenwart umbringen. Mit größter Standhaftigkeit erduldete sie, dass ihre Angehörigen vor ihren Augen perpessa. Quos omnes cum interfecisset, Iolen captivam ad Deianiram praemisit.

DEIANIRA

Deianira Oenei filia Herculis uxor cum vidit Iolen virginem captivam eximiae formae esse adductam verita est, ne se coniugio privaret. Itaque memor Nessi praecepti vestem tinctam centauri sanguine, Herculi qui ferret, nomine Licham famulum misit. Inde paulum, quod in terra deciderat et id sol attigit, ardere coepit. Quod Deianira ut vidit, aliter esse ac Nessus dixerat intellexit, et qui revocaret eum, cui vestem dederat, misit.

Quam Hercules iam induerat statimque flagrare coepit; qui cum se in flumen coniecisset, ut ardorem extingueret, maior flamma exibat; demere autem cum vellet, viscera sequebantur. Tunc Hercules Lichan, qui vestem attulerat, rotatum in mare iaculatus est, qui quo loco cecidit, petra nata est, quae Lichas appellatur.

Tunc dicitur Philoctetes Poeantis filius pyram in monte Oetaeo construxisse Herculi, eumque ascendisse immortalitatem. Ob id beneficium Philocteti Hercules arcus et sagittas donavit. Deianira autem ob factum Herculis ipsa se interfecit.

AETHRA

Neptunus et Aegeus Pandionis filius in fano Minervae cum Aethra Pitthei filia una nocte concubuerunt. Neptunus, quod ex ea natum
esset, Aegeo concessit. 46
Is autem postquam a Troezene Athenas red- 47

getötet wurden[57]. Als er alle niedergemacht hatte, schickte er Iole als Gefangene zu Deianeira voraus.

DEIANEIRA

Als Deianeira, Tochter des Oineus und Gattin des Herakles, sah, dass man Iole, ein ausnehmend schönes Mädchen, gefangen brachte, fürchtete sie, sie werde ihre Ehe zerstören. Sie dachte an die Weisung des Nessos und schickte einen Diener namens Lichas, er solle Herakles das mit dem Blut des Kentauren getränkte Gewand bringen. Etwas Blut war auf die Erde getropft, und die Sonne schien darauf; da begann es zu brennen. Als Deianeira das sah, begriff sie, dass es anders war, als Nessos gesagt hatte, und schickte jemanden, er solle den, dem sie das Gewand gegeben hatte, zurückrufen.

Aber Herakles hatte es schon angezogen und stand sofort in Flammen. Er stürzte sich in einen Fluss, um die Glut zu löschen, aber die Flamme loderte noch höher empor. Als er das Gewand ablegen wollte, blieb das Fleisch daran hängen. Da schleuderte Herakles Lichas, der ihm das Gewand gebracht hatte, mit einer Drehung ins Meer. An der Stelle, an der er ins Wasser fiel, erhob sich ein Fels, der Lichas heißt.

Dann soll Philoktet[58], der Sohn des Poias, für Herakles auf dem Berg Oita einen Scheiterhaufen errichtet haben, und Herakles soll ihn bestiegen und Unsterblichkeit erlangt haben. Für diesen Freundschaftsdienst schenkte Herakles Philoktet seinen Bogen und seine Pfeile. Was mit Herakles geschehen war, veranlasste Deianeira, sich selbst das Leben zu nehmen.

Sagen um Theseus

AITHRA

Poseidon und Aigeus, der Sohn des Pandion, schliefen in ein und derselben Nacht im Heiligtum der Athene mit Aithra, der Tochter des Pittheus. Poseidon überließ das Kind, das sie gebären würde, dem Aigeus.

Als dieser von Troizen nach Athen zurückkehrte, legte

ibat, ensem suum sub lapide posuit et praecepit Aethrae, ut tunc eum ad se mitteret, cum posset eum lapidem allevare et gladium patris tollere; ibi fore indicium cognitionis filii.

Itaque postea Aethra peperit Theseum, qui ad puberem aetatem cum pervenisset, mater praecepta Aegei indicat ei lapidemque ostendit, ut ensem tolleret, et iubet eum Athenas ad Aegeum proficisci, eosque, qui itineri infestabantur, omnes occidit.

THESEI LABORES

Corynetem Neptuni filium armis occidit; Pityocamptem, qui iter gradientes cogebat, ut secum arborem pinum ad terram flecterent, quam qui cum eo prenderat, ille eam viribus missam faciebat; ita ad terram graviter elidebatur et periebat, hunc interfecit.

Procrusten Neptuni filium. Ad hunc hospes cum venisset, si longior esset, minori lecto proposito reliquam corporis partem praecidebat; sin autem brevior statura erat, lecto longiori dato incudibus suppositis extendebat eum, usque dum lecti longitudinem aequaret. Hunc interfecit.

Scironem, qui ad mare loco quodam praerupto sedebat et, qui iter gradiebatur, cogebat eum sibi pedes lavare et ita in mare praecipitabat, hunc Theseus pari leto in mare deiecit, ex quo Scironis petrae sunt dictae.

Cercyonem Vulcani filium armis occidit. Aprum, qui fuit Cremyone, interfecit. Taurum, qui fuit Marathone, quem Hercules a Creta ad Eurystheum adduxerat, occidit. Minotaurum oppido Gnosi occidit.

er sein Schwert unter einen Stein und befahl Aithra, sie solle seinen Sohn erst dann zu ihm schicken, wenn er den Stein in die Höhe heben und das Schwert des Vaters an sich nehmen könne. Daran werde er seinen Sohn erkennen.

Und so gebar Aithra später Theseus. Als er ins Mannesalter gekommen war, verriet ihm die Mutter die Anweisungen des Aigeus, zeigte ihm den Stein, damit er das Schwert an sich nehme und befahl ihm, sich auf den Weg nach Athen zu Aigeus zu machen. Er schlug alle tot, die den Weg unsicher machten.

DIE ARBEITEN DES THESEUS

Korynetes, den Sohn des Poseidon, tötete er mit seinen Waffen. Er brachte Pityokamptes um, der die Wanderer zwang, mit ihm eine Pinie zum Erdboden herunterzubiegen. Wenn einer sie mit ihm festhielt, ließ er sie mit Gewalt zurückschnellen: dadurch wurde dieser heftig auf die Erde geschleudert und kam ums Leben.

Er tötete Prokrustes, den Sohn des Poseidon. Wenn zu diesem ein Fremder kam, legte er ihn, wenn er recht groß war, in ein Bett, das zu klein war, und hieb den überstehenden Teil des Körpers ab; war der Fremde aber klein an Gestalt, gab er ihm ein Bett, das zu groß war, setzte Ambosse von unten an und dehnte ihn so lange, bis er ebenso lang war wie das Bett.

Den Skiron, der an einer abschüssigen Stelle am Meer saß und die Wanderer zwang, ihm die Füße zu waschen, und sie so ins Meer stürzte, warf Theseus ins Meer und tötete ihn auf die gleiche Art. Nach ihm haben die «Felsen des Skiron»[59] ihren Namen.

Kerkyon, den Sohn des Hephaistos, schlug er mit seinen Waffen tot. Den Eber, der in Kremyon war, schlug er tot. Er tötete den Stier in Marathon, den Herakles von Kreta zu Eurystheus gebracht hatte. Er tötete den Minotauros in der Stadt Knossos.

DAEDALUS

Daedalus Eupalami filius, qui fabricam a Minerva dicitur accepisse, Perdicem sororis suae filium propter artificii invidiam, quod is primum serram invenerat, summo tecto deicit. Ob id scelus in exsilium ab Athenis Cretam ad regem Minoem abiit.

PASIPHAE

Pasiphae Solis filia uxor Minois sacra deae Veneris per aliquot annos non fecerat. Ob id Venus amorem infandum illi obiecit, ut taurum [. . .] amaret.

In hoc Daedalus exsul cum venisset, petiit ab eo auxilium. Is ei vaccam ligneam fecit et verae vaccae corium induxit, in qua illa cum tauro concubuit; ex quo compressu Minotaurum peperit capite bubulo parte inferiore humana. Tunc Daedalus Minotauro labyrinthum inextricabili exitu fecit, in quo est conclusus.

Minos re cognita Daedalum in custodiam coniecit, at Pasiphae eum vinculis liberavit; itaque Daedalus pennas sibi et Icaro filio suo fecit et accommodavit et inde avolarunt. Icarus altius volans a sole cera calefacta decidit in mare, quod ex eo Icarium pelagus est appellatum. Daedalus pervolavit ad regem Cocalum in insulam Siciliam. Alii dicunt: Theseus cum Minotaurum occidit, Daedalum Athenas in patriam suam reduxit.

MINOS

Minos Iovis et Europae filius cum Atheniensibus belligeravit, cuius filius Androgeus in
pugna est occisus. Qui posteaquam Athenienses 50
vicit, vectigales Minois esse coeperunt; instituit 51

DÄDALUS

Dädalus, der Sohn des Eupalamos, soll sein handwerkliches Geschick von Athene erhalten haben; er warf Perdix, den Sohn seiner Schwester, aus Neid auf seine Kunstfertigkeit – er hatte die Säge erfunden – vom Dachfirst hinab. Wegen dieses Verbrechens ging er von Athen nach Kreta zu König Minos in die Verbannung.

PASIPHAË

Pasiphaë, die Tochter des Helios und Gattin des Minos, hatte die Opfer der Göttin Aphrodite einige Jahre lang nicht vollzogen. Deswegen flößte Aphrodite ihr ein abscheuliches Verlangen ein: Sie liebte nämlich einen Stier[60].

Als zu der Zeit Dädalus als Verbannter kam, erbat sie von ihm Hilfe. Er fertigte für sie eine hölzerne Kuh an und überzog sie mit der Haut einer wirklichen Kuh; darin vereinigte sie sich mit dem Stier. Aus diesem Beilager gebar sie den Minotauros mit einem Stierkopf und einem menschlichen Unterkörper. Darauf baute Dädalus für den Minotauros ein Labyrinth, aus dem man nicht herausfinden konnte. Darin wurde dieser eingeschlossen.

Als Minos davon erfuhr, warf er Dädalus ins Gefängnis. Doch Pasiphaë befreite ihn von seinen Fesseln. Deshalb fertigte Dädalus für sich und seinen Sohn Ikarus Flügel, passte sie an, und sie flogen davon. Weil Ikarus allzu hoch flog, stürzte er, nachdem das Wachs von der Sonne erwärmt worden war, ins Meer, das nach ihm Ikarisches Meer genannt wurde. Dädalus flog zum König Kokalos nach Sizilien. Andere sagen: Als Theseus den Minotauros tötete, brachte er Dädalus in seine Heimatstadt Athen zurück.

MINOS

Minos, der Sohn von Zeus und Europa, führte mit den Athenern Krieg; sein Sohn Androgeus fiel im Kampf. Nachdem er die Athener besiegt hatte, wurden sie dem Minos tributpflichtig. Er setzte fest, dass sie in jedem autem, ut anno uno quoque septenos liberos suos Minotauro ad epulandum mitterent.

Theseus posteaquam a Troezene venerat et audiit, quanta calamitate civitas afficeretur, voluntarie se ad Minotaurum pollicitus est ire. Quem pater cum mitteret, praedixit ei, ut, si victor reverteretur, vela candida in navem haberet; qui autem ad Minotaurum mittebantur, velis atris navigabant.

THESEUS APUD MINOTAURUM

Theseus posteaquam Cretam venit, ab Ariadne Minois filia est adamatus adeo, ut fratrem proderet et hospitem servaret; ea enim Theseo monstravit labyrinthi exitum, quo Theseus cum introisset et Minotaurum interfecisset, Ariadnes monitu licium revolvendo foras est egressus eamque, quod fidem ei dederat, in coniugio secum habiturus avexit.

ARIADNE

Theseus in insula Dia tempestate retentus cogitans, si Ariadnen in patriam portasset, sibi opprobrium futurum, itaque in insula Dia dormientem reliquit; quam Liber amans inde sibi in coniugium abduxit.

Theseus autem cum navigaret, oblitus est vela atra mutare, itaque Aegeus pater eius credens Theseum a Minotauro esse consumptum in mare se praecipitavit, ex quo Aegeum pelagus est dictum. Ariadnes autem sororem Phaedram Theseus duxit in coniugium.

HIPPOLYTUS

Phaedra Minois filia Thesei uxor Hippolytum privignum suum adamavit; quem cum non potuisset ad suam perducere voluntatem,

Jahr je sieben ihrer Kinder dem Minotauros zum Fraße schickten.

Nachdem Theseus von Troizen gekommen war und gehört hatte, mit welchem Unheil die Stadt geschlagen war, versprach er, freiwillig zum Minotauros zu gehen. Als der Vater ihn ziehen ließ, trug er ihm auf, er solle, wenn er als Sieger zurückkehrte, weiße Segel auf dem Schiff aufziehen; diejenigen aber, die zum Minotauros geschickt wurden, fuhren unter schwarzen Segeln.

THESEUS UND DER MINOTAUROS

Nachdem Theseus nach Kreta gekommen war, verliebte sich Ariadne, die Tochter des Minos, so sehr in ihn, dass sie ihren Bruder verriet und den Fremden rettete: Sie zeigte Theseus nämlich den Ausgang aus dem Labyrinth. Als Theseus dort hineingegangen war und den Minotauros getötet hatte, fand er dadurch, dass er auf Ariadnes Rat hin einen Faden aufwickelte, hinaus, und weil er ihr sein Wort gegeben hatte, entführte er sie, um sie zu heiraten.

ARIADNE

Als er aber auf der Insel Naxos von einem Sturm festgehalten wurde, ließ er sie schlafend auf der Insel zurück, weil er dachte, es werde für ihn eine Schande sein, wenn er Ariadne in seine Heimat mitbringe. Dionysos, der sie liebte, entführte sie von dort, um sie zu heiraten.

Aber als Theseus mit dem Schiff weiterfuhr, vergaß er die schwarzen Segel zu wechseln. Sein Vater Aigeus glaubte daher, Theseus sei vom Minotauros getötet worden, und stürzte sich ins Meer; nach ihm ist das Ägeische Meer benannt. Theseus aber heiratete Ariadnes Schwester Phädra.

HIPPOLYTOS

Phädra, die Tochter des Minos und Frau des Theseus, verliebte sich in ihren Stiefsohn Hippolytos. Da sie ihn nicht dazu bringen konnte, ihr zu Willen zu sein, schrieb tabellas scriptas ad suum virum misit se ab Hippolyto compressam esse, seque ipsa suspendio necavit.

Et Theseus re audita filium suum moenibus excedere iussit et optavit a Neptuno patre filio suo exitium. Itaque cum Hippolytus equis iunctis veheretur, repente e mari taurus apparuit, cuius mugitu equi expavefacti Hippolytum distraxerunt vitaque privarunt.

DANAE

Danae Acrisii et Aganippes filia. Huic fuit fatum, ut, quod peperisset, Acrisium interficeret; quod timens Acrisius, eam in muro lapideo praeclusit. Iovis autem in imbrem aureum conversus cum Danae concubuit, ex quo compressu natus est Perseus.

Quam pater ob stuprum inclusam in arca cum Perseo in mare deiecit. Ea voluntate Iovis delata est in insulam Seriphum, quam piscator Dictys cum invenisset, effracta ea vidit mulierem cum infante, quos ad regem Polydectem perduxit, qui eam in coniugio habuit et Perseum educavit in templo Minervae.

Quod cum Acrisius rescisset eos ad Polydectem morari, repetitum eos profectus est; quo cum venisset, Polydectes pro eis deprecatus est, Perseus Acrisio avo suo fidem dedit se eum numquam interfecturum.

Qui cum tempestate retineretur, Polydectes moritur; cui cum funebres ludos facerent, Perseus disco misso, quem ventus distulit in caput Acrisii, eum interfecit. Ita quod voluntate sua noluit, deorum factum est; sepulto autem eo Argos profectus est regnaque avita possedit.

sie ihrem Mann in einem Brief, sie sei von Hippolytos vergewaltigt worden, und nahm sich das Leben durch Erhängen.

Als Theseus davon hörte, befahl er seinem Sohn, die Stadt zu verlassen, und wünschte ihm von seinem Vater Poseidon den Tod. Als Hippolytos mit seinem Pferdegespann fuhr, tauchte plötzlich ein Stier aus dem Meer auf. Durch dessen Brüllen wurden die Pferde scheu, zerrissen[61] Hippolytos und beraubten ihn so des Lebens.

Perseus

DANAË

Danaë war die Tochter des Akrisios[62] und der Aganippe. Sie hatte die Weissagung bekommen, das Kind, das sie gebäre, werde Akrisios töten. Aus Angst davor schloss Akrisios sie in einem Kerker ein. Doch Zeus verwandelte sich in goldenen Regen und vereinigte sich so mit Danaë; aus dieser Verbindung entstand Perseus.

Wegen der Schande sperrte ihr Vater sie zusammen mit Perseus in eine Kiste, die er ins Meer warf. Nach dem Willen des Zeus wurde die Kiste zur Insel Seriphos getrieben. Der Fischer Diktys fand sie, brach sie auf und sah die Frau mit ihrem Kind. Er brachte sie zu König Polydektes, der sie zur Frau nahm und Perseus im Tempel der Athene erziehen ließ.

Als Akrisios erfuhr, dass sie sich bei Polydektes aufhielten, machte er sich auf, um sie zurückzuholen. Als er nach Seriphos kam, legte Polydektes Fürbitte für die beiden ein, und Perseus gab seinem Großvater Akrisios sein Wort, dass er ihn niemals töten werde.

Als Akrisios noch vom schlechten Wetter festgehalten wurde, starb Polydektes. Als man für ihn Leichenspiele veranstaltete, warf Perseus einen Diskus. Den trieb der Wind gegen den Kopf des Akrisios. Er tötete ihn. Durch den Willen der Götter geschah, was Perseus selber nicht wollte. Nach der Bestattung des Akrisios fuhr er nach Argos und nahm das Königreich seines Großvaters in Besitz.

ANDROMEDA

Cassiope filiae suae Andromedae formam Nereidibus anteposuit. Ob id Neptunus expostulavit, ut Andromeda Cephei filia ceto obiceretur. Quae cum esset obiecta, Perseus Mercurii talaribus volans eo dicitur venisse et eam liberasse a periculo; quam cum abducere vellet, Cepheus pater cum Agenore, cuius sponsa fuit, Perseum clam interficere voluerunt. Ille cognita re caput Gorgonis eis ostendit omnesque ab humana specie sunt informati in saxum. Perseus cum Andromeda in patriam redit.

Polydectes ut vidit Perseum tantam virtutem habere, pertimuit eumque per dolum interficere voluit; qua re cognita Perseus caput Gorgonis ei ostendit et is ab humana specie est immutatus in lapidem.

LAIUS

Laio Labdaci filio ab Apolline erat responsum de filii sui manu mortem ut caveret. Itaque Iocasta Menoecei filia uxor eius cum peperisset, iussit exponi. Hunc Periboea Polybi regis uxor, cum vestem ad mare lavaret, expositum sustulit; Polybo sciente, quod orbi erant liberis, pro suo educaverunt eumque, quod pedes transiectos haberet, Oedipum nominaverunt.

OEDIPUS

Postquam Oedipus Laii et Iocastes filius ad puberem aetatem pervenit, fortissimus praeter ceteros erat eique per invidiam aequales obiciebant 56
eum subditum esse Polybo, eo quod Polybus 57

ANDROMEDA

Kassiope stellte die Schönheit ihrer Tochter Andromeda über die der Nereiden. Deswegen verlangte Poseidon, Andromeda, die Tochter des Kepheus, einem Meeresungeheuer vorzuwerfen. Als man das getan hatte, kam Perseus, wie man erzählt, mit den Flügelschuhen des Hermes dorthin geflogen und befreite sie aus der Gefahr. Als er den Wunsch hatte, sie mitzunehmen, wollte ihn der Vater Kepheus gemeinsam mit Agenor, dessen Verlobte sie war, heimlich umbringen. Doch Perseus bemerkte es und hielt ihnen das Haupt der Gorgo[63] entgegen. Da verloren alle ihr menschliches Aussehen und bekamen die Gestalt eines Felsblocks. Perseus kehrte mit Andromeda in sein Vaterland zurück.

Als Polydektes sah, dass Perseus solche Kraft besaß, geriet er in große Furcht und wollte ihn durch eine List ermorden. Perseus erfuhr davon und hielt ihm das Haupt der Gorgo entgegen. Und auch er verlor seine menschliche Gestalt und wurde in einen Stein verwandelt.

Ödipus

LAIOS

Laios, der Sohn des Labdakos, hatte von Apoll das Orakel erhalten, er solle sich vor dem Tod durch die Hand seines Sohnes in acht nehmen. Als daher seine Frau Iokaste, die Tochter des Menoikeus, ein Kind zur Welt brachte, ließ er es aussetzen. Periboia, die Gemahlin des Königs Polybos, die am Meer ihr Kleid waschen wollte, nahm das ausgesetzte Kind zu sich. Mit Wissen des Polybos zogen sie es, weil sie kinderlos waren, als ihr eigenes auf, und weil es durchbohrte Füße hatte, nannten sie es Ödipus[64].

ÖDIPUS

Nachdem Ödipus, der Sohn des Laios und der Iokaste, ins Mannesalter gekommen war, war er stärker als alle anderen. Aus Neid warfen ihm seine Altersgenossen vor, er sei dem Polybos untergeschoben worden: Polybos sei so sanft und tam clemens esset et ille impudens; quod Oedipus sensit non falso sibi obici. Itaque Delphos est profectus sciscitatum de parentibus suis.

Interim Laio in prodigiis ostendebatur mortem ei adesse de nati manu. Idem cum Delphos iret, obviam ei Oedipus venit, quem satellites cum viam regi dari iuberent, neglexit. Rex equos immisit et rota pedem eius oppressit; Oedipus iratus inscius patrem suum de curru detraxit et occidit. Laio occiso Creon Menoecei filius regnum occupavit.

Interim Sphinx Typhonis in Boeotiam est missa, quae agros Thebanorum vexabat; ea regi Creonti simultatem constituit, si carmen, quod posuisset, aliquis interpretatus esset, se inde abire, si autem datum carmen non solvisset, eum se consumpturam dixit neque aliter de finibus excessuram.

Rex re audita per Graeciam edixit, qui Sphingae carmen solvisset, regnum se et Iocasten sororem ei in coniugium daturum promisit. Cum plures regni cupidine venissent et a Sphinge essent consumpti, Oedipus Laii filius venit et carmen est interpretatus; illa se praecipitavit. Oedipus regnum paternum et Iocasten matrem inscius accepit uxorem, ex qua procreavit Eteoclen et Polynicen, Antigonam et Ismenen.

Interim Thebis sterilitas frugum et penuria incidit ob Oedipodis scelera, interrogatusque Tiresias, quid ita Thebae vexarentur, respondit, si quis ex draconteo genere superesset et pro patria interiisset, pestilentia liberaturum. Tum Menoeceus Iocastae pater se de muris praecipitavit.

Dum haec Thebis geruntur, Corintho Poly- 58
bus decedit, quo audito Oedipus moleste ferre 59

er so rücksichtslos. Ödipus hatte das Gefühl, der Vorwurf sei nicht unbegründet. Deswegen machte er sich auf den Weg nach Delphi, um sich nach seinen Eltern zu erkundigen.

Unterdessen wurde dem Laios in Vorzeichen angekündigt, der Tod von Sohnes Hand stehe ihm bevor. Auch er ging nach Delphi; da begegnete ihm Ödipus. Als die Begleiter des Laios ihm befahlen, dem König Platz zu machen, kümmerte er sich nicht darum. Der König trieb die Pferde an, und ein Rad fuhr Ödipus über den Fuß. Da zog Ödipus voll Zorn seinen Vater, ohne zu wissen, dass er es war, vom Wagen und erschlug ihn. Nach der Ermordung des Laios bemächtigte sich Kreon, der Sohn des Menoikeus, der Herrschaft.

Inzwischen war die Sphinx[65], die Tochter des Typhon, nach Böotien geschickt worden und suchte das Land der Thebaner heim. Sie traf mit König Kreon folgende Abmachung: Wenn jemand das Rätsel, das sie ihm stelle, löse, werde sie fortgehen; wenn er aber das Rätsel, das sie ihm aufgegeben habe, nicht lösen könne, werde sie ihn umbringen. Anders werde sie das Land nicht verlassen.

Der König gab daraufhin in ganz Griechenland bekannt, er werde dem, der das Rätsel der Sphinx löse, die Königsherrschaft und seine Schwester Iokaste zur Frau geben. Als mehrere aus Verlangen nach der Königsherrschaft gekommen und von der Sphinx umgebracht worden waren, kam Ödipus und deutete das Rätsel. Die Sphinx aber stürzte sich in die Tiefe. Ödipus erhielt die väterliche Königsherrschaft und, ohne es zu wissen, seine Mutter Iokaste zur Frau. Mit ihr zeugte er Eteokles und Polyneikes, Antigone und Ismene.

Unterdessen kamen wegen der Verbrechen des Ödipus Misswachs und Mangel über die Stadt. Teiresias antwortete auf die Frage, warum Theben so heimgesucht werde, wenn einer aus dem Drachengeschlecht noch am Leben sei und für die Vaterstadt sterbe, werde der sie von der Seuche befreien. Da stürzte sich Menoikeus, der Vater der Iokaste, von den Mauern.

Während dieser Ereignisse in Theben starb in Korinth Polybos. Als Ödipus das hörte, begann er zu trauern, weil coepit aestimans patrem suum obisse; cui Periboea de eius suppositione palam fecit; item Menoetes senex, qui eum exposuerat, ex pedum cicatricibus et talorum agnovit Lai filium esse.

Oedipus re audita postquam vidit se tot scelera nefaria fecisse, ex veste matris fibulas detraxit et se luminibus privavit regnumque filiis suis alternis annis tradidit et a Thebis Antigona filia duce profugit.

POLYNICES

Polynices Oedipodis filius anno peracto regnum ab Eteocle fratre repetit; ille cedere noluit. Itaque Polynices Adrasto rege adiuvante cum septem ductoribus Thebas oppugnatum venit.

Ibi Capaneus, quod contra Iovis voluntatem Thebas se capturum diceret, cum murum ascenderet, fulmine est percussus; Amphiaraus terra est devoratus; Eteocles et Polynices inter se pugnantes alius alium interfecerunt. His cum Thebis parentaretur, etsi ventus vehemens esset, tamen fumus se numquam in unam partem convertit, sed alius alio seducitur.

Ceteri cum Thebas oppugnarent et Thebani rebus suis diffiderent, Tiresias Eueris filius augur praemonuit, si ex dracontea progenie aliquis interiisset, oppidum ea clade liberari. Menoeceus cum vidit se unum civium salutem posse redimere, muro se praecipitavit; Thebani victoria sunt potiti.

ANTIGONA

Creon Menoecei filius edixit, ne quis Polynicen aut, qui una venerunt, sepulturae traderent, quod patriam oppugnatum venerint; Antigona er glaubte, sein Vater sei gestorben. Da offenbarte ihm Periboia, dass er dem Polybos untergeschoben worden war. Der greise Menoites, der ihn ausgesetzt hatte, erkannte an den Narben seiner Füße, dass er der Sohn des Laios war.

Als Ödipus das hörte und sah, dass er so viele ruchlose Verbrechen begangen hatte, riss er vom Kleid seiner Mutter die Spangen ab und beraubte sich des Augenlichts. Die Königsherrschaft übergab er seinen Söhnen, die sich in der Regierung jährlich abwechseln sollten. Von seiner Tochter Antigone geführt floh er aus Theben.

POLYNEIKES

Nach Ablauf eines Jahres forderte Polyneikes, der Sohn des Ödipus, von seinem Bruder Eteokles die Herrschaft. Der aber wollte sie ihm nicht abtreten. Deshalb kam Polyneikes, von König Adrastos unterstützt, mit sieben Heerführern, um Theben zu belagern.

Weil Kapaneus sagte, er werde Theben auch gegen den Willen des Zeus erobern, wurde er, als er die Mauer erklomm, vom Blitz erschlagen. Amphiaraos wurde von der Erde verschlungen. Eteokles und Polyneikes töteten sich gegenseitig im Kampf. Als für sie in Theben das Totenopfer gefeiert wurde, drehte sich der Opferrauch, obwohl ein starker Wind wehte, nie nach einer Seite, sondern jeder Rauch stieg in eine andere Richtung.

Als die anderen Heerführer Theben bestürmten und die Thebaner an ihrer Lage verzweifelten, prophezeite der Seher Teiresias, Sohn des Eueres, wenn einer aus dem Drachengeschlecht umkomme, werde die Stadt von der Niederlage verschont. Sowie Menoikeus[66] sah, dass er der einzige war, der die Rettung der Bürger erkaufen konnte, stürzte er sich von der Mauer. Da errangen die Thebaner den Sieg.

ANTIGONE

Kreon, der Sohn des Menoikeus, ordnete an, niemand solle den Polyneikes oder diejenigen, die zusammen mit ihm gekommen waren, bestatten, weil sie gekommen seien, soror et Argia coniunx clam noctu Polynicis corpus sublatum in eadem pyra, qua Eteocles sepultus est, imposuerunt.

Quae cum a custodibus deprehensae essent, Argia profugit, Antigona ad regem est perducta; ille eam Haemoni filio, cuius sponsa fuerat, dedit interficiendam. Haemon amore captus patris imperium neglexit et Antigonam ad pastores demandavit, ementitusque est se eam interfecisse.

Quae cum filium procreasset et ad puberem aetatem venisset, Thebas ad ludos venit; hunc Creon rex, quod ex draconteo genere omnes in corpore insigne habebant, cognovit. Cum Hercules pro Haemone deprecaretur, ut ei ignosceret, non impetravit; Haemon se et Antigonam coniugem interfecit.

At Creon Megaram filiam suam Herculi dedit in coniugium, ex qua nati sunt Therimachus et Ophites.

TIRESIAS

In monte Cyllenio Tiresias Eueris filius pastor dracones venerantes dicitur baculo percussisse, alias calcasse; ob id in mulieris figuram est conversus; postea monitus a sortibus in eodem loco dracones cum calcasset, redit in pristinam speciem.

Eodem tempore inter Iovem et Iunonem fuit iocosa altercatio, quis magis de re venerea voluptatem caperet, masculus an femina, de qua re Tiresiam iudicem sumpserunt, qui utrunque erat expertus. Is cum secundum Iovem iudicasset, Iuno irata manu aversa eum excaecavit; at Iovis ob id fecit, ut septem aetates viveret vatesque praeter ceteros mortales esset.

um ihre Vaterstadt anzugreifen. Antigone aber, die Schwester des Polyneikes, und Argeia, seine Frau, hoben heimlich in der Nacht seinen Leichnam auf und legten ihn auf denselben Scheiterhaufen, auf dem Eteokles verbrannt wurde.

Als sie von den Wachen dabei ertappt wurden, floh Argeia, Antigone aber wurde vor den König geführt. Der übergab sie Haimon, seinem Sohn, dessen Braut sie war, damit er sie hinrichte. Haimon missachtete aus Liebe den Befehl seines Vaters, vertraute Antigone Hirten an und sagte fälschlich, er habe sie hinrichten lassen.

Sie brachte einen Sohn zur Welt. Als dieser ins Mannesalter gekommen war, fuhr er zu Spielen nach Theben. Der König Kreon erkannte ihn, weil alle aus dem Drachengeschlecht an ihrem Körper ein Zeichen hatten. Herakles legte für Haimon Fürbitte ein, der König möge ihm verzeihen, doch er hatte keinen Erfolg. Haimon tötete sich und seine Gattin Antigone[67].

Kreon aber gab Herakles seine Tochter Megara zur Frau, die Therimachos und Ophites gebar.

TEIRESIAS

Auf dem Berg Kyllene soll der Hirte Teiresias, der Sohn des Eueres, Schlangen, die sich paarten, mit einem Stock totgeschlagen und andere mit dem Fuß zertreten haben. Deswegen wurde er in Frauengestalt verwandelt. Als er später auf Weisung eines Orakels am selben Ort abermals Schlangen zertreten hatte, nahm er sein früheres Äußeres wieder an.

Zur selben Zeit gab es zwischen Zeus und Hera einen scherzhaften Streit darüber, wer beim Liebesakt größere Lust empfinde, der Mann oder die Frau. Als Schiedsrichter in dieser Frage nahmen sie Teiresias, weil er in beidem Erfahrung hatte. Als dieser zugunsten von Zeus entschied, fuhr Hera voll Zorn mit ihrem Handrücken über seine Augen und blendete ihn. Doch Zeus bewirkte daraufhin, dass er sieben Menschenalter lang lebte und als Seher den übrigen Sterblichen voraus war.

LEDA

Iuppiter Ledam Thestii filiam in cygnum conversus ad flumen Eurotam compressit et ex eo peperit Pollucem et Helenam, ex Tyndareo autem Castorem et Clytaemnestram.

TYNDAREUS

Tyndareus Oebali filius ex Leda Thestii filia procreavit Clytaemnestram et Helenam; Clytaemnestram Agamemnoni Atrei filio dedit in coniugium; Helenam propter formae dignitatem complures ex civitatibus in coniugium proci petebant.

Tyndareus cum repudiari filiam suam Clytaemnestram ab Agamemnone vereretur timeretque, ne quid ex ea re discordiae nasceretur, monitus ab Ulixe iureiurando se obligavit et arbitrio Helenae posuit, ut, cui vellet nubere, coronam imponeret.

Menelao imposuit, cui Tyndareus eam dedit uxorem regnumque moriens Menelao reliquit.

HELENA

Theseus Aegei et Aethrae Pitthei filiae filius cum Pirithoo Ixionis filio Helenam Tyndarei et Ledae filiam virginem de fano Dianae sacrificantem rapuerunt et detulerunt Aphidnas in pagum Atticae regionis.

Quod Iovis eos cum vidisset tantam audaciam habere, ut se ipsi ad periculum offerrent, in quiete eis imperavit, ut peterent ambo a Plutone Pirithoo Proserpinam in coniugium; qui cum per insulam Taenariam ad inferos descendissent et, de qua re venissent, indicarent Plutoni, a furiis strati diuque lacerati sunt. Quo Hercules

Leda und ihre Nachkommen

LEDA

Zeus tat, in einen Schwan verwandelt, der Thestios-Tochter Leda am Fluss Eurotas Gewalt an, und sie bekam von ihm Polydeukes und Helena, von Tyndareos Kastor und Klytämnestra.

TYNDAREOS

Tyndareos[68], der Sohn des Oibalos, zeugte mit Leda, der Tochter des Thestios, Klytämnestra und Helena. Klytämnestra gab er dem Atreus-Sohn Agamemnon zur Frau. Helena begehrten wegen ihrer Schönheit mehrere Freier aus verschiedenen Städten als Gattin.

Da Tyndareos befürchtete, Agamemnon werde seine Tochter Klytämnestra zurückweisen, und da er Angst hatte, dass daraus ein Zwist entstehe, verpflichtete er sich auf Anraten des Odysseus durch einen Eid[69] und stellte es Helenas Entscheidung anheim, demjenigen einen Kranz aufzusetzen, den sie heiraten wollte.

Sie setzte ihn Menelaos auf, dem Tyndareos sie zur Frau gab. Als er starb, hinterließ er Menelaos die Königsherrschaft.

HELENA

Theseus, der Sohn des Aigeus und der Pittheus-Tochter Aithra, raubte mit Peirithoos, dem Sohn des Ixion, Helena, die jungfräuliche Tochter des Tyndareos und der Leda, als sie gerade im Heiligtum der Artemis opferte, und brachte sie nach Aphidnai[70], einem Ort in Attika.

Als Zeus sah, dass sie solche Kühnheit besaßen, dass sie sich selber Gefahren aussetzten, befahl er ihnen im Traum, sie sollten beide von Pluton Persephone als Frau für Peirithoos verlangen. Als sie über die Halbinsel Tainaron[71] in die Unterwelt hinabgestiegen waren und Pluton verrieten, weswegen sie gekommen waren, wurden sie von den Erinyen niedergeworfen und lange Zeit gequält. Als Herakles ad canem tricipitem ducendum cum venisset, illi fidem eius implorarunt; qui a Plutone impetravit eosque incolumes eduxit.

Ob Helenam Castor et Pollux fratres belligerarunt et Aethram Thesei matrem et Phisadiem Pirithoi sororem ceperunt et in servitutem sorori dederunt.

CASTOR

Idas et Lynceus Apharei filii ex Messenis habuerunt sponsas Phoeben et Hilairam Leucippi filias; hae autem formosissimae virgines cum essent et esset Phoebe sacerdos Minervae, Hilaira Dianae, Castor et Pollux amore incensi eas rapuerunt.

Illi amissis sponsis arma tulerunt, si possent eas recuperare. Castor Lynceum in proelio interfecit; Idas amisso fratre omisit bellum et sponsam, coepit fratrem sepelire. Cum ossa eius collocaret in pila, intervenit Castor et prohibere coepit monumentum fieri, quod diceret se eum quasi feminam superasse. Idas indignans gladio, quo cinctus erat, Castori inguina traiecit. Alii dicunt, quemadmodum aedificabat, pilam super Castorem impulisse et sic interfectum.

Quod cum annuntiassent Polluci, accurrit et Idam uno proelio superavit corpusque fratris recuperatum sepulturae dedit; cum autem ipse stellam ab Iove accepisset et fratri non esset data, ideo quod diceret Iovis Castorem semine Tyndarei et Clytaemnestram natos, ipsum autem et Helenam Iovis esse filios, tunc deprecatus Pollux, ut liceret ei munus suum cum fratre communicare; cui permisit.

dorthin kam, um den dreiköpfigen Höllenhund zu holen, flehten sie ihn um Schutz an. Er fand bei Pluton Gehör und brachte sie unversehrt aus der Unterwelt.

Wegen Helena führten ihre Brüder Kastor und Polydeukes Krieg und nahmen Aithra, die Mutter des Theseus, und Phisadies[72], die Schwester des Peirithoos, gefangen und ließen sie bei ihrer Schwester als Sklavinnen dienen.

KASTOR

Idas und Lynkeus, die Söhne des Aphareus, waren mit Phoibe und Hilaeira aus Messenien, den Töchtern des Leukippos, verlobt. Das waren wunderschöne Mädchen; Phoibe war Priesterin der Athene, Hilaeira Priesterin der Artemis. Kastor und Polydeukes entbrannten in Liebe zu ihnen und raubten sie.

Als Idas und Lynkeus ihre Verlobten verloren hatten, griffen sie zu den Waffen, um sie zurückzugewinnen. Doch Kastor tötete Lynkeus im Kampf. Idas gab nach dem Verlust seines Bruders den Krieg und seine Verlobte auf und begann mit der Beisetzung seines Bruders. Als er seine Gebeine in einem Grabstein beisetzte, kam Kastor dazu und wollte die Errichtung des Grabmals verhindern, weil er, wie er sagte, Lynkeus wie eine Frau besiegt habe. Voll Empörung stieß Idas das Schwert, mit dem er gegürtet war, Kastor in den Unterleib. Andere sagen, er habe den Grabstein, als er ihn aufrichtete, auf Kastor gestürzt und ihn so getötet.

Als man das Polydeukes meldete, lief er herbei, besiegte Idas in einem einzigen Gefecht, und nachdem er den Leichnam seines Bruders zurückbekommen hatte, ließ er ihn bestatten. Als zwar er selber von Zeus einen Stern[73] bekam, sein Bruder jedoch nicht, weil Zeus sagte, Kastor und Klytämnestra seien dem Samen des Tyndareos entsprossen, er selber aber und Helena seien Kinder von Zeus, da bat Polydeukes um die Erlaubnis, das Geschenk, das er erhalten hatte, mit seinem Bruder zu teilen, und Zeus erlaubte es.

TANTALUS

Tantalus Iovis et Plutonis filius procreavit ex Dione Pelopem. Iuppiter Tantalo concredere sua consilia solitus erat et ad epulum deorum admittere, quae Tantalus ad homines renuntiavit; ob id dicitur ad inferos in aqua media fine corporis stare semperque sitire et, cum haustum aquae vult sumere, aquam recedere.

Item poma ei super caput pendent, quae cum vult sumere, rami vento moti recedunt. Item saxum super caput eius ingens pendet, quod semper timet ne super se ruat.

PELOPS

Pelops Tantali et Diones Atlantis filiae filius cum esset in epulis deorum a Tantalo caesus, bracchium eius Ceres consumpsit, qui a deorum numine vitam recepit; cui cum cetera membra, ut fuerant, coissent, umero non perpetuo eburneum eius loco Ceres aptavit.

OENOMAUS

Oenomaus Martis et Asteropes Atlantis filiae filius habuit in coniugio Euareten Acrisii filiam, ex qua procreavit Hippodamiam, virginem eximiae formae, quam nulli ideo dabat in coniugium, quod sibi responsum fuit a genero mortem cavere.

Itaque cum complures eam peterent in coniugium, simultatem constituit se ei daturum, qui secum quadrigis certasset victorque exisset, quod is equos aquilone velociores habuit, victus autem interficeretur.

Multis interfectis novissime Pelops Tantali

Tantalos und seine Nachkommen

TANTALOS

Tantalos, der Sohn des Zeus und der Pluto[74], zeugte mit Dione den Pelops. Zeus pflegte Tantalos seine Pläne anzuvertrauen und ihn zum Mahl der Götter zuzulassen. Diese Pläne hinterbrachte Tantalos den Menschen. Deswegen steht er, wie es heißt, in der Unterwelt bis zum Oberkörper[75] mitten im Wasser und hat immer Durst, und wenn er einen Schluck Wasser nehmen will, weicht das Wasser zurück.

Desgleichen hängt Obst über seinem Haupt; wenn er dies ergreifen will, weichen die Äste, vom Wind bewegt, zurück. Zudem schwebt ein gewaltiger Fels über seinem Haupt, und immer fürchtet er, dass dieser auf ihn stürzt.

PELOPS

Als Pelops, der Sohn des Tantalos und der Atlastochter Dione, beim Mahl der Götter von Tantalos geschlachtet worden war, verzehrte Demeter einen Arm von ihm. Doch nach dem Willen der Götter erhielt er sein Leben zurück. Die übrigen Glieder schlossen sich wieder zusammen, wie sie gewesen waren. Da die Schulter jedoch nicht vollständig war, setzte Demeter eine elfenbeinerne an ihrer Stelle ein.

OINOMAOS

Oinomaos, der Sohn des Ares und der Atlastochter Asterope war mit Euarete, der Tochter des Akrisios, verheiratet. Mit ihr zeugte er Hippodameia, ein Mädchen von ausnehmender Schönheit. Er gab sie niemandem zur Frau, weil er das Orakel erhalten hatte, er solle sich in acht nehmen, dass er nicht von seinem Schwiegersohn ermordet werde.

Als mehrere um sie warben, traf er daher die Abmachung, er werde sie dem geben, der mit ihm im Viergespann um die Wette fahre und als Sieger hervorgehe – er hatte nämlich Pferde, die waren schneller als der Wind; der Verlierer aber solle des Todes sein.

Als schon viele ihr Leben gelassen hatten, kam zuletzt

filius cum venisset et capita humana super valvas fixa vidisset eorum, qui Hippodamiam in uxorem petierant, paenitere eum coepit regis crudelitatem timens. Itaque Myrtilo aurigae eius persuasit regnumque ei dimidium pollicetur, si se adiuvaret. Fide data Myrtilus currum iunxit et clavos in rotas non coniecit; itaque equis incitatis currum defectum Oenomai equi distraxerunt.

Pelops cum Hippodamia et Myrtilo domum victor cum rediret, cogitavit sibi opprobrio futurum et Myrtilo fidem praestare noluit eumque in mare praecipitavit, a quo Myrtoum pelagus est appellatum. Hippodamiam in patriam adduxit suam, quod Peloponnesum appellatur; ibi ex Hippodamia procreavit Hippalcum Atreum Thyesten.

PELOPIDAE

Thyestes Pelopis et Hippodamiae filius, quod cum Aeropa Atrei uxore concubuit, a fratre Atreo de regno est eiectus; at is Atrei filium Plisthenem, quem pro suo educaverat, ad Atreum interficiendum misit, quem Atreus credens fratris filium esse imprudens filium suum occidit.

ATREUS

Atreus Pelopis et Hippodamiae filius cupiens a Thyeste fratre suo iniurias exsequi, in gratiam cum eo rediit et in regnum suum eum reduxit, filiosque eius infantes Tantalum et Plisthenem occidit et epulis Thyesti apposuit. Qui cum vesceretur, Atreus imperavit bracchia et ora puerorum afferri; ob id scelus etiam Sol currum avertit.

Thyestes scelere nefario cognito profugit ad

Pelops, der Sohn des Tantalos. Doch als er die Menschenköpfe über den Türflügeln befestigt sah, die Köpfe all derer, die Hippodameia hatten heiraten wollen, begann er sein Vorhaben zu bereuen, weil er die Grausamkeit des Königs fürchtete. Daher überredete er dessen Wagenlenker Myrtilos und versprach ihm das halbe Königreich, wenn er ihm helfe. Myrtilos gab ihm sein Wort und spannte den Wagen an, steckte die Nägel aber nicht in die Räder. Daher rissen die Pferde in vollem Galopp den beschädigten Wagen des Oinomaos in Stücke.

Als Pelops mit Hippodameia und Myrtilos siegreich nach Hause kam, dachte er, man werde ihm Vorwürfe machen, und weigerte sich deswegen, Myrtilos gegenüber sein Wort zu halten. Er stürzte ihn ins Meer, das nach ihm Myrtoisches Meer heißt[76]. Hippodameia führte er in sein Heimatland, das Peloponnes heißt. Dort zeugte er mit ihr Hippalkos, Atreus und Thyestes.

DIE PELOPIDEN

Weil Thyestes, der Sohn des Pelops und der Hippodameia, mit Aerope, der Frau des Atreus, die Ehe gebrochen hatte, wurde er von seinem Bruder Atreus vom Königsthron verstoßen. Er schickte jedoch den Atreus-Sohn Pleisthenes, den er an Kindes Statt aufgezogen hatte, zu Atreus, dass er ihn umbringe. Atreus hielt ihn für den Sohn seines Bruders und tötete, ohne es zu wissen, seinen eigenen Sohn.

ATREUS

Atreus, der Sohn des Pelops und der Hippodameia, wollte das Unrecht rächen, das ihm sein Bruder Thyestes zugefügt hatte. Er versöhnte sich mit ihm und holte ihn in sein Reich zurück. Dann brachte er Thyestes' unmündige Söhne Tantalos und Pleisthenes[77] um und setzte sie ihm zum Mahl vor. Als er aß, ließ Atreus die Arme und die Köpfe der Kinder herbeiholen. Wegen dieses Verbrechens schlug sogar der Sonnengott mit seinem Wagen einen anderen Weg ein.

Als Thyestes den ruchlosen Frevel bemerkte, flüchtete

regem Thesprotum, ubi lacus Avernus dicitur esse; inde Sicyonem pervenit, ubi erat Pelopia filia Thyestis deposita; ibi casu nocte, cum Minervae sacrificarent, intervenit, qui timens, ne sacra contaminaret, in luco delituit.

Pelopia autem, cum choreas ducit, lapsa vestem ex cruore pecudis inquinavit; quae dum ad flumen exit sanguinem abluere, tunicam maculatam deponit. Capite obducto Thyestes e luco prosiluit et eam compressit. Ea compressione gladium de vagina ei extraxit Pelopia et rediens in templum sub acropodio Minervae abscondit. Postero die rogat regem Thyestes, ut se in patriam Lydiam remitteret.

Interim sterilitas Mycenis frugum ac penuria oritur ob Atrei scelus. Ibi responsum est, ut Thyestem in regnum reduceret.

Qui cum ad Thesprotum regem isset aestimans Thyestem ibi morari Pelopiam aspexit et rogat Thesprotum, ut sibi Pelopiam in coniugium daret, quod putaret eam Thesproti esse filiam. Thesprotus, ne qua suspicio esset, dat ei Pelopiam, quae iam conceptum ex patre Thyeste habebat Aegisthum. Quae cum ad Atreum venisset, parit Aegisthum, quem exposuit; at pastores caprae supposuerunt, quem Atreus iussit perquiri et pro suo educari.

Interim Atreus mittit Agamemnonem et Menelaum filios ad quaerendum Thyestem, qui Delphos petierunt sciscitatum. Casu Thyestes eo venerat ad sortes tollendas de ultione fratris; comprehensus ab eis ad Atreum perducitur, quem Atreus in custodiam conici iussit, Aegisthumque vocat aestimans suum filium esse et mittit eum ad Thyestem interficiendum.

Thyestes cum vidisset Aegisthum et gladium, quem Aegisthus gerebat, et cognovisset, er zu König Thesprotos, wo der Avernersee[78] sein soll. Von dort kam er nach Sikyon, wohin seine Tochter Pelopeia in Sicherheit gebracht worden war. Er kam zufällig in der Nacht dazu, als sie der Athene ein Opfer darbrachten. Aus Angst, das Opfer zu entweihen, versteckte er sich in einem Hain.

Pelopeia aber rutschte beim Reigentanz aus und beschmutzte ihr Kleid mit dem Blut des Opfertiers. Sie ging zum Fluss, um das Blut abzuwaschen, und legte ihr beflecktes Hemd ab. Da sprang Thyestes mit verhülltem Haupt aus dem Hain heraus und tat ihr Gewalt an. Pelopeia riss ihm dabei das Schwert aus der Scheide, lief zum Tempel zurück und verbarg es unter der Fußspitze der Athene. Am folgenden Tag bat Thyestes den König, ihn nach Lydien heimzuschicken.

Inzwischen kam es wegen der Freveltat des Atreus in Mykene zu Misswachs und Mangel. Atreus erhielt das Orakel, er solle Thyestes in das Königreich zurückholen.

In dem Glauben, Thyestes halte sich dort auf, ging er zu König Thesprotos. Als er Pelopeia erblickte, bat er Thesprotos, sie ihm zur Frau zu geben, weil er glaubte, sie sei dessen Tochter. Um keinen Verdacht zu erwecken, gab ihm Thesprotos Pelopeia, die von ihrem Vater Thyestes bereits mit Ägisth schwanger war. Als sie zu Atreus kam, brachte sie Ägisth zur Welt und setzte ihn aus. Doch Hirten legten ihn einer Ziege unter. Atreus ließ nach ihm forschen und befahl, ihn als sein eigenes Kind aufzuziehen.

Unterdessen schickte er seine Söhne Agamemnon und Menelaos auf die Suche nach Thyestes, und sie kamen nach Delphi, um sich dort nach ihm zu erkundigen. Zufällig war Thyestes dorthin gekommen, um wegen der Rache an seinem Bruder das Orakel zu befragen. Er wurde von ihnen festgenommen und zu Atreus gebracht. Atreus ließ ihn in Haft nehmen, rief Ägisth, den er für seinen Sohn hielt, und schickte ihn zu Thyestes, damit er ihn töte.

Als dieser Ägisth sah und das Schwert, das er trug, als dasjenige erkannte, das er damals bei der Vergewaltigung quem in compressione perdiderat, interrogat Aegisthum, unde illum haberet. Ille respondit matrem sibi Pelopiam dedisse, quam iubet accersiri. Cui respondit se in compressione nocturna nescio cui eduxisse et ex ea compressione Aegisthum concepisse. Tunc Pelopia gladium arripuit simulans se agnoscere et in pectus sibi detrusit.

Quem Aegisthus e pectore matris cruentum tenens ad Atreum attulit. Ille aestimans Thyesten interfectum laetabatur; quem Aegisthus in litore sacrificantem occidit et cum patre Thyeste in regnum avitum redit.

NIOBE

Amphion et Zetus Iovis et Antiopes Nyctei filii iussu Apollinis Thebas muro circumcinxerunt usque ad Semelae bustum Laiumque Labdaci regis filium in exsilium eiecerunt, ipsi ibi regnum obtinere coeperunt.

Amphion in coniugium Niobam Tantali et Diones filiam accepit, ex qua procreavit liberos septem totidemque filias; quem partum Niobe Latonae anteposuit superbiusque locuta est in Apollinem et Dianam, quod illa cincta viri cultu esset et Apollo veste deorsum atque crinitus, et se numero filiorum Latonam superare.

Ob id Apollo filios eius in silva venantes sagittis interfecit, et Diana filias in regia sagittis interemit praeter Chloridem. At genetrix liberis orba flendo lapidea facta esse dicitur in monte Sipylo, eiusque hodie lacrimae manare dicuntur. Amphion autem cum templum Apollinis expugnare vellet, ab Apolline sagittis est interfectus.

verloren hatte, fragte er Ägisth, woher er es habe. Der antwortete, seine Mutter Pelopeia habe es ihm gegeben. Er ließ sie holen, und sie gab ihm zur Antwort, sie habe es bei einer nächtlichen Vergewaltigung einem Unbekannten aus der Scheide gezogen und bei jener Vergewaltigung den Ägisth empfangen. Dann riss sie das Schwert an sich, tat so, als ob sie es erkenne, und stieß es sich in die Brust.

Ägisth zog es aus der Brust seiner Mutter und brachte das blutige Schwert zu Atreus. Der freute sich, weil er glaubte, Thyestes sei ermordet worden. Doch als Atreus am Strand opferte, erschlug ihn Ägisth und kehrte mit seinem Vater Thyestes in sein angestammtes Königreich zurück.

NIOBE

Amphion und Zetos, die Söhne des Zeus und der Nykteus-Tochter Antiope, umgaben Theben auf Apolls Befehl mit einer Mauer bis zum Grabhügel der Semele. Sie trieben Laios, den Sohn des Königs Labdakos, in die Verbannung und nahmen selber die Herrschaft in Besitz.

Amphion nahm Niobe, die Tochter des Tantalos und der Dione, zur Frau und zeugte mit ihr sieben Söhne und ebenso viele Töchter. Niobe stellte ihre Kinder über die der Leto und äußerte sich dazu recht hochmütig gegenüber Apoll und Artemis, weil sie sich in Männerkleider hülle und er ein weit herabfallendes Gewand trage und lange Locken habe. Außerdem übertreffe sie Leto an Zahl der Kinder.

Aus diesem Grund tötete Apoll ihre Söhne mit seinen Pfeilen, als sie im Wald der Jagd nachgingen, und Artemis tötete mit ihren Pfeilen im Palast ihre Töchter mit Ausnahme von Chloris. Nach dem Verlust ihrer Kinder soll die Mutter vor Weinen auf dem Sipylon-Gebirge zu Stein geworden sein, und ihre Tränen sollen heute noch fließen. Als Amphion aber den Tempel des Apoll erstürmen wollte, wurde er von diesem mit Pfeilen getötet.

ALEXANDER PARIS

Priamus Laomedontis filius cum complures liberos haberet ex concubitu Hecubae Cissei sive Dymantis filiae, uxor eius praegnans in quiete vidit se facem ardentem parere, ex qua serpentes plurimos exisse. Id visum omnibus coniectoribus cum narratum esset, imperant, quicquid pareret, necaret, ne id patriae exitio foret.

Postquam Hecuba peperit Alexandrum, datur interficiendus, quem satellites misericordia exposuerunt; eum pastores pro suo filio repertum expositum educarunt eumque Parim nominaverunt.

Is cum ad puberem aetatem pervenisset, habuit taurum in deliciis; quo cum satellites missi a Priamo, ut taurum aliquis adduceret, venissent, qui in athlo funebri, quod ei fiebat, poneretur, coeperunt Paridis taurum abducere.

Qui persecutus est eos et inquisivit, quo eum ducerent; illi indicant se eum ad Priamum adducere ei, qui vicisset ludis funebribus Alexandri. Ille amore incensus tauri sui descendit in certamen et omnia vicit, fratres quoque suos superavit. Indignans Deiphobus gladium ad eum strinxit; at ille in aram Iovis Hercei insiluit; quod cum Cassandra vaticinaretur eum fratrem esse, Priamus eum agnovit regiaque recepit.

PARIDIS IUDICIUM

Iovis, cum Thetis Peleo nuberet, ad epulum dicitur omnis deos convocasse excepta Eride, id est Discordia, quae cum postea supervenisset nec admitteretur ad epulum, ab ianua misit

PARIS

Priamos, der Sohn des Laomedon, hatte schon mehrere Kinder aus der Verbindung mit Hekabe, der Tochter des Kisseus oder des Dymas. Als seine Frau wieder schwanger war, träumte sie, sie habe eine brennende Fackel geboren, aus der zahllose Schlangen herausgekrochen seien. Sie erzählte dieses Traumbild allen Traumdeutern, und die befahlen ihr, welches Kind auch immer sie zur Welt bringe, zu töten, damit es die Vaterstadt nicht ins Verderben stürze.

Nachdem Hekabe Alexandros geboren hatte, wurde er Dienern übergeben, die ihn umbringen sollten, aber aus Mitleid setzten sie ihn aus. Hirten fanden das ausgesetzte Kind, zogen es an Kindes Statt auf und nannten es Paris.

Als er ins Mannesalter gekommen war, hatte er besondere Freude an einem Stier. Als Diener, die von Priamos geschickt waren, kamen, um einen Stier zu holen, der bei den Leichenspielen, die für Paris veranstaltet wurden, als Preis ausgesetzt werden sollte, gingen sie daran, den Stier des Paris fortzuführen.

Paris folgte ihnen und forschte nach, wohin sie ihn bringen wollten. Sie gaben an, sie wollten ihn zu Priamos bringen für den, der bei Alexandros' Leichenspielen Sieger werde. Aus leidenschaftlicher Liebe zu seinem Stier nahm Paris am Wettkampf teil und siegte in allem. Auch seinen Brüdern war er überlegen. Voll Empörung zog Deiphobos sein Schwert gegen ihn. Doch er sprang auf den Altar des Zeus Herkeios[79]. Als Kassandra kundtat, er sei ihr Bruder, erkannte ihn Priamos und nahm ihn im Königsschloss auf.

DAS PARISURTEIL

Zeus soll, als Thetis den Peleus heiratete, alle Götter zum Gastmahl geladen haben mit Ausnahme der Eris, das heißt der Zwietracht. Als diese später kam und zum Gastmahl nicht zugelassen wurde, warf sie von der Tür aus einen in medium malum, dicit, quae esset formosissima, attolleret.

Iuno Venus Minerva formam sibi vindicare coeperunt, inter quas magna discordia orta, Iovis imperat Mercurio, ut deducat eas in Ida monte ad Alexandrum Paridem eumque iubeat iudicare.

Cui Iuno, si secundum se iudicasset, pollicita est in omnibus terris eum regnaturum, divitem praeter ceteros praestaturum; Minerva, si inde victrix discederet, fortissimum inter mortales futurum et omni artificio scium; Venus autem Helenam Tyndarei filiam formosissimam omnium mulierum se in coniugium dare promisit.

Paris donum posterius prioribus anteposuit Veneremque pulcherrimam esse iudicavit; ob id Iuno et Minerva Troianis fuerunt infestae.

Alexander Veneris impulsu Helenam a Lacedaemone ab hospite Menelao Troiam abduxit eamque in coniugio habuit cum ancillis duabus Aethra et Thisadie, quas Castor et Pollux captivas ei assignarant, aliquando reginas.

CASSANDRA

Cassandra Priami et Hecubae filia in Apollinis fano ludendo lassa obdormisse dicitur; quam Apollo cum vellet comprimere, corporis copiam non fecit. Ob quam rem Apollo fecit, ut, cum vera vaticinaretur, fidem non haberet.

ANCHISA

Venus Anchisam Assaraci filium amasse et cum eo concubuisse dicitur, ex quo procreavit Aeneam eique praecepit, ne id apud homines enuntiaret. Quod Anchises inter sodales per vinum est elocutus. Ob id a Iove fulmine

Apfel in die Mitte und sagte, die Schönste solle ihn aufheben.

Hera, Aphrodite und Athene beanspruchten den Schönheitspreis für sich, und ein heftiger Streit brach unter ihnen aus. Da befahl Zeus dem Hermes, sie auf den Berg Ida zu Alexandros Paris zu bringen und diesen urteilen zu lassen.

Hera versprach ihm, wenn er zu ihren Gunsten entscheide, werde er über die ganze Welt herrschen und an Reichtum alle anderen übertreffen. Athene versprach ihm, er werde, wenn sie als Siegerin hervorgehe, der stärkste unter allen Sterblichen und in jeder Kunst bewandert sein. Aphrodite aber versprach, ihm die Tyndareos-Tochter Helena, die schönste aller Frauen, zur Gemahlin zu geben.

Paris zog das letzte Geschenk den ersten vor und entschied, Aphrodite sei die schönste. Deswegen wurden Hera und Athene Feindinnen der Trojaner.

Auf Betreiben der Aphrodite entführte Alexandros Helena von seinem Gastfreund Menelaos aus Sparta nach Troja und nahm sie zur Frau. Bei ihnen waren zwei Dienerinnen, Aithra und Thisadie[80], die Kastor und Polydeukes ihr als Gefangene zugewiesen hatten, die aber einst Königinnen gewesen waren.

KASSANDRA

Kassandra, die Tochter des Priamos und der Hekabe, soll einst vom Spiel erschöpft im Heiligtum des Apoll eingeschlafen sein. Als Apoll ihr Gewalt antun wollte, verweigerte sie sich ihm. Deswegen bewirkte Apoll, dass sie, auch wenn sie die Wahrheit verkündete, keinen Glauben fand.

ANCHISES

Aphrodite soll sich in Anchises, den Sohn des Assarakos, verliebt und mit ihm geschlafen haben. Sie empfing von ihm Aeneas und befahl ihm, dies bei den Menschen nicht auszuplaudern. Doch beim Weintrinken mit seinen Freunden verriet er es. Deswegen wurde er von Zeus mit est ictus. Quidam dicunt eum sua morte obisse.

ULIXES

Agamemnon et Menelaus Atrei filii cum ad Troiam oppugnandam coniuratos duces ducerent, in insulam Ithacam ad Ulixem Laertis filium venerunt, cui erat responsum, si ad Troiam isset, post vicesimum annum solum sociis perditis egentem domum rediturum.

Itaque cum sciret ad se oratores venturos, insaniam simulans pileum sumpsit et equum cum bove iunxit ad aratrum. Quem Palamedes ut vidit, sensit simulare atque Telemachum filium eius cunis sublatum aratro ei subiecit et ait «Simulatione deposita inter coniuratos veni.» Tunc Ulixes fidem dedit se venturum; ex eo Palamedi infestus fuit.

ACHILLES

Thetis Nereis cum sciret Achillem filium suum, quem ex Peleo habebat, si ad Troiam expugnandam isset, periturum, commendavit eum in insulam Scyron ad Lycomedem regem, quem ille inter virgines filias habitu femineo servabat nomine mutato; nam virgines Pyrrham nominarunt, quoniam capillis flavis fuit et Graece rufum «pyrrhon» dicitur.

Achivi autem cum rescissent ibi eum occultari, ad regem Lycomeden oratores miserunt, qui rogarent, ut eum adiutorium Danais mitteret. Rex cum negaret apud se esse, potestatem eis fecit, ut in regia quaererent.

Qui cum intellegere non possent, quis esset eorum, Ulixes in regio vestibulo munera
feminea posuit, in quibus clipeum et hastam, et 80
subito tubicinem iussit canere armorumque 81

dem Blitz erschlagen[81]. Manche sagen, er sei eines natürlichen Todes gestorben.

ODYSSEUS

Als die Atreus-Söhne Agamemnon und Menelaos mit den verbündeten Heerführern zum Kampf gegen Troja zogen, kamen sie nach Ithaka zu Odysseus, dem Sohn des Laertes. Odysseus hatte das Orakel erhalten, er werde, wenn er gegen Troja gezogen sei, nach zwanzig Jahren ohne Gefährten, allein und arm nach Hause zurückkehren.

Daher stellte er sich wahnsinnig, als er erfuhr, dass die Unterhändler kämen, setzte eine Filzkappe auf und spannte ein Pferd zusammen mit einem Ochsen an den Pflug. Als Palamedes ihn sah, merkte er, dass er sich verstellte. Er hob Odysseus' Sohn Telemach aus der Wiege, legte ihn vor den Pflug und sagte: «Gib die Verstellung auf und komm zu den Verbündeten!» Da gab Odysseus sein Wort, dass er kommen werde. Seitdem war er Palamedes feindlich gesinnt.

ACHILL

Weil Thetis wusste, dass ihr Sohn Achill, den sie von Peleus hatte, umkommen werde, wenn er gegen Troja ziehe, um es zu erobern, gab sie ihn auf die Insel Skyros zu König Lykomedes. Dieser hielt ihn in Frauenkleidung mit verändertem Namen unter seinen unverheirateten Töchtern versteckt: Die Mädchen nannten ihn nämlich «Pyrrha», da er blonde Haare hatte. Denn «blond» heißt auf griechisch «pyrrhon».

Als die Achäer jedoch in Erfahrung brachten, dass er dort verborgen werde, sandten sie Unterhändler zu König Lykomedes mit der Bitte, ihn den Danaern zu Hilfe zu schicken. Obwohl der König sagte, er sei nicht bei ihm, gab er ihnen die Möglichkeit, im Palast nach ihm zu suchen.

Als sie nicht erkennen konnten, wer es war, legte Odysseus in die Vorhalle des Palastes Gaben für Mädchen, dazu aber auch einen Schild und eine Lanze. Dann ließ er crepitum et clamorem fieri iussit. Achilles hostem arbitrans adesse vestem muliebrem dilaniavit atque clipeum et hastam arripuit. Ex hoc est cognitus suasque operas Argivis promisit et milites Myrmidones.

IPHIGENIA

Agamemnon cum Menelao fratre et Achaiae delectis ducibus Helenam uxorem Menelai, quam Alexander Paris avexerat, repetitum ad Troiam cum irent, in Aulide tempestas eos ira Dianae retinebat, quod Agamemnon in venando cervam eius violavit superbiusque in Dianam est locutus.

Is cum haruspices convocasset et Calchas se respondisset aliter expiare non posse, nisi Iphigeniam filiam Agamemnonis immolasset, re audita Agamemnon recusare coepit.

Tunc Ulixes eum consiliis ad rem pulchram transtulit; idem Ulixes cum Diomede ad Iphigeniam missus est adducendam, qui cum ad Clytaemnestram matrem eius venisset, ementitur Ulixes eam Achilli in coniugium dari.

Quam cum in Aulidem adduxisset et parens eam immolare vellet, Diana virginem miserata est et caliginem eis obiecit cervamque pro ea supposuit Iphigeniamque per nubes in terram Tauricam detulit ibique templi sui sacerdotem fecit.

PHILOCTETES

Philoctetes Poeantis et Demonassae filius cum in insula Lemno esset, coluber eius pedem percussit, quem serpentem Iuno miserat, irata ei ob id, quia solus praeter ceteros ausus fuit Herculis pyram construere, cum humanum corpus est exutus et ad immortalitatem traditus.

plötzlich Trompete blasen und Waffenlärm und Geschrei ertönen. In der Meinung, ein Feind sei erschienen, zerfetzte Achill sein Frauenkleid und riss den Schild und die Lanze an sich. Daran erkannte man ihn, und er versprach den Argivern seine Dienste und seine Myrmidonen als Soldaten.

IPHIGENIE

Als Agamemnon mit seinem Bruder Menelaos und anderen ausgewählten Heerführern Griechenlands nach Troja zog, um Helena, die Gattin des Menelaos, die Alexandros Paris entführt hatte, zurückzuholen, hielt schlechtes Wetter sie auf Aulis fest. Grund war der Zorn der Artemis, weil Agamemnon beim Jagen ihre Hirschkuh verletzt und allzu überheblich gegen Artemis geredet hatte.

Als er die Seher zusammengerufen und Kalchas verkündet hatte, er könne das Verbrechen nur wiedergutmachen, wenn er Agamemnons Tochter Iphigenie opfere, wollte dieser, als er das vernahm, zuerst ablehnen.

Da brachte ihn Odysseus durch seine Ratschläge auf einen guten Gedanken. Odysseus wurde mit Diomedes ausgesandt, um Iphigenie herbeizuholen. Als er zu ihrer Mutter Klytämnestra gekommen war, log Odysseus ihr vor, sie werde dem Achill zur Frau gegeben.

Als sie sie nach Aulis gebracht hatten und der Vater sie opfern wollte, hatte Artemis Mitleid mit dem Mädchen, breitete Dunkelheit über sie und legte eine Hirschkuh an ihre Stelle. Dann brachte sie Iphigenie durch die Wolken in das Land der Taurer und machte sie dort zur Priesterin in ihrem Tempel.

PHILOKTET

Als Philoktet, der Sohn des Poias und der Demonassa, auf der Insel Lemnos war, biss ihn eine Schlange in den Fuß. Hera hatte sie geschickt aus Zorn darüber, dass er als einziger von allen gewagt hatte, den Scheiterhaufen des Herakles zu errichten, als er seinen menschlichen Leib ablegte und der Unsterblichkeit übergeben wurde.

Ob id beneficium Hercules suas sagittas divinas ei donavit. Sed cum Achivi ex vulnere taetrum odorem ferre non possent, iussu Agamemnonis regis in Lemno expositus est cum sagittis divinis; quem expositum pastor regis Actoris nomine Iphimachus Dolopionis filius nutrivit.

Quibus postea responsum est sine Herculis sagittis Troiam capi non posse. Tunc Agamemnon Ulixem et Diomedem exploratores ad eum misit; cui persuaserunt, ut in gratiam rediret et ad expugnandam Troiam auxilio esset, eumque secum sustulerunt.

HECTORIS LYTRA

Agamemnon Briseidam Brisae sacerdotis filiam ex Moesia captivam propter formae dignitatem, quam Achilles ceperat, ab Achille abduxit eo tempore, quo Chryseida Chrysi sacerdoti Apollinis Zminthei reddidit; quam ob iram Achilles in proelium non prodibat, sed cithara in tabernaculo se exercebat.

Quod cum Argivi ab Hectore fugarentur, Achilles obiurgatus a Patroclo arma sua ei tradidit, quibus ille Troianos fugavit aestimantes Achillem esse, Sarpedonemque Iovis et Europae filium occidit. Postea ipse Patroclus ab Hectore interficitur, armaque eius sunt detracta Patroclo occiso.

Achilles cum Agamemnone redit in gratiam Briseidamque ei reddidit. Tum contra Hectorem cum inermis prodisset, Thetis mater a Vulcano arma ei impetravit, quae Nereides per mare attulerunt.

Quibus armis ille Hectorem occidit astric-
tumque ad currum traxit circa muros Troia- 84
norum, quem sepeliendum cum patri nollet 85

Für diese gute Tat schenkte ihm Herakles seine göttlichen Pfeile. Aber als die Griechen den ekelhaften Gestank aus der Wunde nicht mehr ertragen konnten, setzten sie ihn auf Befehl des Königs Agamemnon mit seinen göttlichen Pfeilen auf Lemnos aus. Ein Hirt des Königs Aktor namens Iphimachos, Sohn des Dolopion, ernährte den Ausgesetzten.

Die Griechen erhielten später den Orakelspruch, ohne die Pfeile des Herakles könne Troja nicht erobert werden. Da schickte Agamemnon Odysseus und Diomedes als Kundschafter zu Philoktet. Sie überredeten ihn, sich zu versöhnen und bei der Eroberung Trojas zu helfen, und nahmen ihn mit.

HEKTORS AUSLÖSUNG

Zur Zeit, als Agamemnon Chryseis ihrem Vater Chryses, dem Priester des Apollon Smintheus[82], zurückgab, nahm er diesem Briseis, die Tochter des Priesters Brises, eine Kriegsgefangene aus Mösien, die Achill erbeutet hatte, wegen ihrer Schönheit weg. Aus Zorn darüber zog Achill nicht mehr in den Kampf, sondern übte sich in seinem Zelt im Kitharaspiel.

Als die Griechen von Hektor in die Flucht geschlagen wurden, wurde Achill von Patroklos getadelt und übergab ihm deshalb seine Waffen. Mit diesen trieb er die Trojaner in die Flucht, weil sie glaubten, er sei Achill. Und er tötete Sarpedon, den Sohn des Zeus und der Europa. Später wurde Patroklos von Hektor getötet, und dem Gefallenen wurden die Waffen abgenommen.

Achill versöhnte sich mit Agamemnon, und dieser gab ihm Briseis zurück. Als er daraufhin unbewaffnet gegen Hektor vordrang, bekam seine Mutter Thetis von Hephaistos Waffen für ihn, die die Nereiden durchs Meer herbei brachten. Mit diesen Waffen tötete er Hektor, band ihn an seinen Wagen und schleifte ihn um die Mauern der Trojaner.

Als er ihn dem Vater nicht zur Bestattung herausgeben wollte, kam Priamos auf Zeus' Geheiß unter der Führung dare, Priamus Iovis iussu duce Mercurio in castra Danaorum venit et filii corpus auro repensum accepit, quem sepulturae tradidit.

ARMORUM IUDICIUM

Hectore sepulto cum Achilles circa moenia Troianorum vagaretur ac diceret se solum Troiam expugnasse, Apollo iratus Alexandrum Parin se simulans talum, quem mortalem habuisse dicitur, sagitta percussit et occidit.

Achille occiso ac sepulturae tradito Aiax Telamonius, quod frater patruelis eius fuit, postulavit a Danais, ut arma sibi Achillis darent; quae ei ira Minervae abiurgata sunt ab Agamemnone et Menelao et Ulixi data.

Aiax furia accepta per insaniam pecora sua et se ipsum vulneratum occidit eo gladio, quem ab Hectore muneri accepit, dum cum eo in acie contendit.

EQUUS TROIANUS

Achivi cum per decem annos Troiam capere non possent, Epeus monitu Minervae equum mirae magnitudinis ligneum fecit eoque sunt collecti Menelaus Ulixes Diomedes Thessander Sthenelus Acamas Thoas Machaon Neoptolemus; et in equo scripserunt DANAI MINERVAE DONO DANT, castraque transtulerunt Tenedo.

Id Troiani cum viderunt, arbitrati sunt hostes abisse; Priamus equum in arcem Minervae duci imperavit, feriatique magno opere ut essent, edixit; id vates Cassandra cum vociferaretur inesse hostes, fides ei habita non est.

Quem in arcem cum statuissent et ipsi noctu lusu atque vino lassi obdormissent, Achivi ex equo aperto a Sinone exierunt et portarum des Hermes ins Lager der Griechen und bekam die Leiche seines Sohnes, nachdem er sie mit Gold aufgewogen hatte, und ließ sie bestatten.

DIE ENTSCHEIDUNG ÜBER DIE WAFFEN

Als Achill nach Hektors Bestattung um die Mauern der Trojaner streifte und sagte, er allein habe Troja erobert, nahm Apoll voll Zorn die Gestalt des Alexandros Paris an, durchbohrte Achills Ferse, die sterblich gewesen sein soll, mit einem Pfeil und tötete ihn.

Nach Achills Tod und Bestattung forderte der Telamonier Aias von den Griechen, dass man ihm, weil er sein Vetter war, Achills Waffen gebe. Aufgrund des Zorns der Athene wurden sie ihm von Agamemnon und Menelaos verweigert und dem Odysseus ausgehändigt.

Aias packte die Wut, und im Wahnsinn tötete er seine Schafe und sich selbst, nachdem er sich mit dem Schwert verwundet hatte, das er von Hektor als Geschenk bekommen hatte, als er mit ihm in der Schlacht kämpfte.

DAS TROJANISCHE PFERD

Als die Achäer Troja zehn Jahre hindurch nicht einnehmen konnten, baute Epeios auf Anraten der Athene ein hölzernes Pferd von wunderbarer Größe. Darin versammelten sich Menelaos, Odysseus, Diomedes, Thessandros, Stheneleos, Akamas, Thoas, Machaon und Neoptolemos. Auf das Pferd schrieben sie «Die Danaer machen es der Athene zum Geschenk» und verlegten ihr Lager nach Tenedos.

Sobald die Trojaner das sahen, glaubten sie, die Feinde seien abgezogen. Priamos ließ das Pferd für Athene auf die Burg ziehen und ordnete ein großes Fest an. Die Seherin Kassandra verkündete laut, dass Feinde darin seien, aber man schenkte ihr keinen Glauben.

Als sie das Pferd auf die Burg gestellt hatten und selber in der Nacht, von Spiel und Wein erschöpft, eingeschlafen waren, öffnete Sinon das Pferd, die Achäer stiegen heraus, custodes occiderunt sociosque signo dato receperunt et Troia sunt potiti.

LAOCOON

Laocoon Capyos filius Anchisae frater Apollinis sacerdos contra voluntatem Apollinis cum uxorem duxisset atque liberos procreasset, sorte ductus, ut sacrum faceret Neptuno ad litus. Apollo occasione data a Tenedo per fluctus maris dracones misit duos, qui filios eius Antiphantem et Thymbraeum necarent, quibus Laocoon cum auxilium ferre vellet, ipsum quoque nexum necaverunt.

Quod Phryges idcirco factum putarunt, quod Laocoon hastam in equum Troianum miserit.

ILIONA

Priamo Polydorus filius ex Hecuba cum esset natus, Ilionae filiae suae dederunt eum educandum, quae Polymnestori regi Thracum erat nupta, quem illa pro filio suo educavit; Deipylum autem, quem ex Polymnestore procreaverat, pro suo fratre educavit, ut, si alteri eorum quid foret, parentibus praestaret.

Sed cum Achivi Troia capta prolem Priami exstirpare vellent, Astyanacta Hectoris et Andromachae filium de muro deiecerunt et ad Polymnestorem legatos miserunt, qui ei Agamemnonis filiam nomine Electram pollicerentur in coniugium et auri magnam copiam, si Polydorum Priami filium interfecisset.

Polymnestor legatorum dicta non repudiavit Deipylumque filium suum imprudens occidit arbitrans se Polydorum filium Priami interfecisse. Polydorus autem ad oraculum Apollinis de parentibus suis sciscitatum est profectus, cui responsum est patriam incentöteten die Wächter an den Toren, ließen ihre Gefährten auf ein Zeichen hin herein und bemächtigten sich Trojas.

LAOKOON

Laokoon, der Sohn des Kapys und Bruder des Anchises, ein Priester des Apoll, hatte gegen Apolls Willen eine Frau geheiratet und Kinder gezeugt. Das Schicksal brachte ihn dazu, dem Poseidon am Strand ein Opfer darzubringen. Apoll schickte bei der Gelegenheit von Tenedos zwei Schlangen durch die Meeresfluten, die seine Söhne Antiphas und Thymbraios töten sollten. Als Laokoon ihnen zu Hilfe kommen wollte, ringelten sie sich auch um ihn und töteten ihn.

Die Phryger glaubten, dies sei deswegen geschehen, weil Laokoon seine Lanze gegen das Trojanische Pferd geschleudert hatte.

ILIONE

Als Priamos von Hekabe ein Sohn, Polydoros, geboren wurde, übergaben sie ihn ihrer Tochter Ilione zur Erziehung. Ilione, die mit dem Thrakerkönig Polymnestor verheiratet war, zog ihn an Kindes Statt auf. Deipylos aber, den sie von Polymnestor bekommen hatte, erzog sie, als ob er ihr Bruder sei, um, falls dem einen von ihnen etwas geschähe, für den anderen gegenüber ihren Eltern einstehen zu können.

Aber als die Griechen nach der Eroberung Trojas die Nachkommen des Priamos ausrotten wollten, warfen sie Astyanax, den Sohn des Hektor und der Andromache, von der Mauer und schickten Gesandte zu Polymnestor, die ihm Agamemnons Tochter namens Elektra als Frau und eine riesige Menge Gold versprechen sollten, wenn er Polydoros, den Sohn des Priamos töte.

Polymnestor begrüßte den Vorschlag der Gesandten und tötete unwissend seinen eigenen Sohn Deipylos; er meinte, er habe Polydoros, den Sohn des Priamos, getötet. Polydoros aber machte sich auf den Weg zum Orakel des Apoll, um sich nach seinen Eltern zu erkundigen. Er bekam die Antwort, seine Vaterstadt sei in Brand gesteckt, sein sam, patrem occisum, matrem in servitute teneri.

Cum inde rediret et vidit aliter esse ac sibi responsum fuit ratus se Polymnestoris esse filium, ab sorore Ilionea inquisivit, quid ita aliter sortes dixissent; cui soror, quid veri esset, patefecit et eius consilio Polymnestorem luminibus privavit atque interfecit.

POLYXENA

Danai victores cum ab Ilio classem conscenderent et vellent in patriam suam quisque reverti et praedam quisque sibi duceret, ex sepulcro vox Achillis dicitur praedae partem expostulasse. Itaque Danai Polyxenam Priami filiam, quae virgo fuit formosissima, propter quam Achilles, cum eam peteret et ad colloquium venisset, ab Alexandro et Deiphobo est occisus, ad sepulcrum eius eam immolaverunt.

NAUPLIUS

Ilio capto et divisa praeda Danai cum domum redirent, ira deorum, quod fana spoliaverant et quod Cassandram Aiax Locrus a signo Palladio abripuerat, tempestate et flatibus adversis ad saxa Capharea naufragium fecerunt.

In qua tempestate Aiax Locrus fulmine est a Minerva ictus, quem fluctus ad saxa illiserunt, unde Aiacis petrae sunt dictae; ceteri noctu cum fidem deorum implorarent, Nauplius audivit sensitque tempus venisse ad persequendas filii sui Palamedis iniurias. Itaque tamquam auxilium eis afferret, facem ardentem eo loco extulit, quo saxa acuta et locus periculosissimus erat; illi credentes humanitatis causa id factum naves eo duxerunt, quo facto plurimae earum

Vater erschlagen und seine Mutter werde in Knechtschaft gehalten.

Als er zurückkam und sah, dass es anders war, als ihm das Orakel verkündet hatte, fragte er – im Glauben, er sei der Sohn des Polymnestor – bei seiner Schwester Ilione nach, warum das Orakel so ganz anders gesprochen habe. Die deckte ihm die Wahrheit auf, und auf ihren Rat hin beraubte er Polymnestor des Augenlichts und brachte ihn um.

POLYXENA

Als die siegreichen Griechen in Troja ihre Schiffe bestiegen und ein jeder mit seiner Beute in seine Heimatstadt zurückkehren wollte, soll die Stimme des Achill aus seinem Grab heraus einen Anteil der Beute gefordert haben. Daher opferten die Griechen Polyxena, die Tochter des Priamos, ein sehr schönes Mädchen, an Achills Grab. Ihretwegen nämlich war Achill, als er um sie warb und daher zu einer Unterredung gekommen war, von Alexandros und Deiphobos getötet worden.

NAUPLIOS

Als die Griechen nach der Eroberung Trojas und der Verteilung der Beute heimfuhren, zürnten ihnen die Götter, weil sie Heiligtümer geplündert und weil der Lokrer Aias Kassandra vom Bild der Pallas weggerissen hatte. Daher erlitten sie durch Unwetter und widrige Winde bei den Kaphareischen Felsen Schiffbruch.

In diesem Unwetter wurde der Lokrer Aias von Athene mit dem Blitz getroffen. Die Fluten schmetterten ihn an die Klippen, die nach ihm «Aias-Klippen» heißen. Als die anderen in der Nacht die Götter um Schutz anflehten, hörte es Nauplios und dachte, die Zeit sei gekommen, sich für das Unrecht zu rächen, das man seinem Sohn Palamedes angetan hatte. Deshalb steckte er, wie wenn er ihnen Hilfe bringen wollte, eine lodernde Fackel dort auf, wo die Klippen schroff und die Stelle am gefährlichsten war. Sie glaubten, das sei aus Freundlichkeit geschehen und steuerten die Schiffe confractae sunt militesque plurimi cum ducibus tempestate occisi sunt membraque eorum cum visceribus ad saxa illisa sunt; si qui autem potuerunt ad terram natare, a Nauplio interficiebantur.

At Ulixem ventus detulit ad Maronem, Menelaum in Aegyptum, Agamemnon cum Cassandra in patriam pervenit.

CLYTAEMNESTRA

Clytaemnestra Tyndarei filia Agamemnonis uxor cum audisset ab Oeace Palamedis fratre Cassandram sibi pellicem adduci, quod ementitus est, ut fratris iniurias exsequeretur, tunc Clytaemnestra cum Aegistho filio Thyestis cepit consilium, ut Agamemnonem et Cassandram interficeret, quem sacrificantem securi cum Cassandra interfecerunt. At Electra Agamemnonis filia Orestem fratrem infantem sustulit, quem demandavit in Phocide Strophio, cui fuit Astyochea Agamemnonis soror nupta.

ORESTES

Orestes Agamemnonis et Clytaemnestrae filius postquam in puberem aetatem venit, studebat patris sui mortem exsequi; itaque consilium capit cum Pylade et Mycenas venit ad matrem Clytaemnestram dicitque se Aeolium hospitem esse nuntiatque Orestem esse mortuum, quem Aegisthus populo necandum demandaverat.

Nec multo post Pylades Strophii filius ad Clytaemnestram venit urnamque secum affert dicitque ossa Orestis condita esse; quos Aegisthus laetabundus hospitio recepit.

dorthin. Dadurch zerschellten die meisten Schiffe, und sehr viele Soldaten kamen mit den Heerführern im Sturm ums Leben. Ihre Körperglieder wurden samt den Eingeweiden gegen die Klippen geschmettert. Wer aber an Land schwimmen konnte, wurde von Nauplios erschlagen.

Den Odysseus aber trieb der Sturm zu Maron, Menelaos nach Ägypten, Agamemnon kam mit Kassandra in seine Heimat.

Die Heimkehr des Agamemnon

KLYTÄMNESTRA

Klytämnestra, die Tochter des Tyndareos und Frau des Agamemnon, hörte von Oiax, dem Bruder des Palamedes, dass Kassandra als Nebenfrau in ihr Haus gebracht werde, eine Lüge, deren er sich bediente, um sich für das Unrecht, das seinem Bruder angetan worden war, zu rächen. Da fasste sie zusammen mit Ägisth, dem Sohn des Thyestes, den Plan, Agamemnon und Kassandra zu ermorden. Und sie töteten ihn zusammen mit Kassandra, als er gerade opferte, mit einem Beil. Doch Elektra, Agamemnons Tochter, nahm ihren kleinen Bruder Orest mit sich und vertraute ihn in Phokis Strophios an, mit dem Agamemnons Schwester Astyochea[83] verheiratet war.

OREST

Nachdem Orest, der Sohn des Agamemnon und der Klytämnestra, ins Mannesalter gekommen war, trachtete er danach, den Tod seines Vaters zu rächen. Er fasste daher mit Pylades einen Plan und ging nach Mykene zu seiner Mutter Klytämnestra. Er behauptete, ein Freund aus Äolien zu sein und meldete, dass Orest, dessen Tötung Ägisth dem Volk anheimgegeben hatte, gestorben sei.

Bald darauf kam Pylades, der Sohn des Strophios, mit einer Urne zu Klytämnestra und sagte, die Gebeine des Orest seien darin beigesetzt. Voll Freude nahm Ägisth die beiden gastlich auf.

Qui occasione capta Orestes cum Pylade noctu Clytaemnestram matrem et Aegisthum interficiunt. Quem Tyndareus cum accusaret, Oresti a Mycenensibus fuga data est propter patrem; quem postea furiae matris exagitarunt.

IPHIGENIA TAURICA

Orestem furiae cum exagitarent, Delphos sciscitatum est profectus, quis tandem modus esset aerumnarum. Responsum est, ut in terram Taurinam ad regem Thoantem patrem Hypsipyles iret indeque de templo Dianae signum Argos afferret; tunc finem fore malorum.

Sorte audita cum Pylade Strophii filio sodale suo navem conscendit celeriterque ad Tauricos fines devenerunt, quorum fuit institutum, ut, qui intra fines eorum hospes venisset, templo Dianae immolaretur.

Ubi Orestes et Pylades cum in spelunca se tutarentur et occasionem captarent, a pastoribus deprehensi ad regem Thoantem sunt deducti. Quos Thoas suo more vinctos in templum Dianae, ut immolarentur, duci iussit, ubi Iphigenia Orestis soror fuit sacerdos; eosque ex signis atque argumentis, qui essent, quid venissent, postquam resciit, abiectis ministeriis ipsa coepit signum Dianae avellere.

Quo rex cum intervenisset et rogitaret, cur id faceret, illa ementita est dicitque eos sceleratos signum contaminasse; quod impii et scelerati homines in templum essent adducti, signum expiandum ad mare ferri oportere et iubere eum interdicere civibus, ne quis eorum extra urbem exiret.

Rex sacerdoti dicto audiens fuit; occasione Iphigenia nacta signo sublato cum fratre Oreste et Pylade in navem ascendit ventoque secundo

Orest und Pylades ergriffen die Gelegenheit und töteten in der Nacht die Mutter Klytämnestra und Ägisth. Als Tyndareos Orest anklagte, ermöglichten ihm die Bewohner von Mykene wegen seines Vaters die Flucht. Später verfolgten ihn die Rachegeister seiner Mutter.

IPHIGENIE AUF TAURIS

Als die Rachegeister Orest verfolgten, begab er sich nach Delphi, um sich zu erkundigen, wann denn das Maß seiner Leiden voll sei. Er bekam die Antwort, er solle ins Land der Taurer zu König Thoas, dem Vater der Hypsipyle, gehen und von dort die Statue der Artemis aus ihrem Tempel nach Argos bringen. Dann werde sein Leid zu Ende sein.

Als er den Spruch vernommen hatte, bestieg er mit seinem Freund Pylades, dem Sohn des Strophios, ein Schiff, und schnell gelangten sie ins Gebiet der Taurer. Bei diesen war es Brauch, dass jeder Fremde, der in ihr Land kam, im Tempel der Artemis geopfert wurde.

Als Orest und Pylades dort in einer Höhle Schutz suchten und nach einer günstigen Gelegenheit Ausschau hielten, wurden sie von Hirten ertappt und vor König Thoas gebracht. Der ließ sie seinem Brauch gemäß fesseln und in den Tempel der Artemis bringen, um sie zu opfern. Dort war Iphigenie, die Schwester des Orest, Priesterin. Nachdem sie aus Zeichen und Merkmalen in Erfahrung gebracht hatte, wer die beiden waren und zu welchem Zweck sie gekommen waren, warf sie ihre Opfergeräte weg und begann selber die Statue der Artemis vom Sockel zu reißen.

Als der König dazukam und fragte, warum sie das tue, log sie und sagte, diese Verbrecher hätten die Statue entweiht. Weil gottlose und verbrecherische Menschen in den Tempel gebracht worden seien, müsse man die Statue zur Entsühnung ans Meer tragen, und er müsse den Bürgern untersagen, die Stadt zu verlassen.

Der König tat, was die Priesterin sagte. Iphigenie ergriff die Gelegenheit, nahm die Statue mit und bestieg mit ihrem Bruder Orest und mit Pylades ein Schiff, und von ad insulam Zminthen ad Chrysen sacerdotem Apollinis delati sunt.

ODYSSEA

Ulixes cum ab Ilio in patriam Ithacam rediret, tempestate ad Ciconas est delatus, quorum oppidum Ismarum expugnavit praedamque sociis distribuit.

Inde ad Lotophagos, homines minime malos, qui loton ex foliis florem procreatum edebant, idque cibi genus tantam suavitatem praestabat, ut, qui gustabant, oblivionem caperent domum reditionis. Ad eos socii duo missi ab Ulixe cum gustarent herbas ab eis datas, ad naves obliti sunt reverti, quos vinctos ipse reduxit.

Inde ad Cyclopem Polyphemum Neptuni filium. Huic responsum erat ab augure Telemo Eurymi filio, ut caveret, ne ab Ulixe excaecaretur. Hic media fronte unum oculum habebat et carnem humanam epulabatur. Qui postquam pecus in speluncam redegerat, molem saxeam ingentem ad ianuam opponebat.

Qui Ulixem cum sociis inclusit sociosque eius consumere coepit. Ulixes cum videret eius immanitati atque feritati resistere se non posse, vino, quod a Marone acceperat, eum inebriavit seque «Utin» vocari dixit. Itaque cum oculum eius trunco ardenti exureret, ille clamore suo ceteros Cyclopas convocavit eisque spelunca praeclusa dixit: «Utis me excaecat.» Illi credentes eum deridendi gratia dicere neglexerunt. At Ulixes socios suos ad pecora alligavit et ipse se ad arietem et ita exierunt.

günstigem Wind wurde sie zur Insel Sminthe, zu Chryses, dem Priester des Apoll, getragen.

Die Heimkehr des Odysseus

DIE ODYSSEE

Als Odysseus von Troja in seine Heimat Ithaka zurückkehren wollte, wurde er von einem Sturm zu den Kikonen verschlagen. Er nahm ihre Stadt Ismaros ein und verteilte die Beute an seine Gefährten.

Von dort kam er zu den Lotophagen, sehr gutmütigen Menschen, die Lotos aßen, eine aus den Blättern hervorgewachsene Blüte, und diese Art Speise erzeugte ein solches Glücksgefühl, dass jeder, der davon kostete, die Heimkehr vergaß. Als die zwei Gefährten, die von Odysseus zu den Lotophagen geschickt worden waren, die Pflanzen kosteten, die sie ihnen gaben, vergaßen sie, zu den Schiffen zurückzugehen, und Odysseus brachte sie selbst in Fesseln zurück.

Von dort gelangte er zum Kyklopen Polyphem, einem Sohn des Poseidon. Diesem war von dem Seher Telemos, Sohn des Eurymos, kundgetan worden, er solle sich in acht nehmen, dass er nicht von Odysseus geblendet werde. Er hatte in der Mitte der Stirn ein einziges Auge und aß Menschenfleisch. Wenn er sein Vieh in die Höhle getrieben hatte, legte er einen riesigen Felsblock vor den Eingang.

Er sperrte Odysseus mit seinen Gefährten ein und begann diese aufzufressen. Als Odysseus sah, dass er sich gegen seine Rohheit und Grausamkeit nicht zur Wehr setzen konnte, machte er ihn mit dem Wein, den er von Maron bekommen hatte, betrunken und sagte, er heiße «Niemand». Als er sein Auge mit einem glühenden Pfahl ausbrannte, rief Polyphem mit Gebrüll die anderen Kyklopen zusammen; er verschloss die Höhle und sagte zu ihnen: «Niemand blendet mich!» Sie glaubten, er sage das, um sich über sie lustig zu machen, und kümmerten sich nicht um ihn. Odysseus aber band seine Gefährten an den Schafen fest und sich selbst an einem Widder. So kamen sie hinaus.

Ad Aeolum Hellenis filium, cui ab Iove ventorum potestas fuit tradita; is Ulixem hospitio libere accepit follesque ventorum ei plenos muneri dedit. Socii vero aurum argentumque credentes cum accepissent et secum partiri vellent, folles clam solverunt ventique evolaverunt. Rursum ad Aeolum est delatus, a quo eiectus est, quod videbatur Ulixes numen deorum infestum habere.

Ad Laestrygonas, quorum rex fuit Antiphates ‹. . .› devoravit navesque eius undecim confregit excepta nave, qua sociis eius consumptis evasit in insulam Aenariam ad Circen Solis filiam, quae potione data homines in feras bestias commutabat. Ad quam Eurylochum cum viginti duobus sociis misit, quos illa ab humana specie immutavit. Eurylochus timens, qui non intraverat, inde fugit et Ulixi nuntiavit, qui solus ad eam se contulit; sed in itinere Mercurius ei remedium dedit monstravitque, quomodo Circen deciperet. Qui postquam ad Circen venit et poculum ab ea accepit, remedium Mercurii monitu coniecit ensemque strinxit minatus, nisi socios sibi restitueret, se eam interfecturum. Tunc Circe intellexit non sine voluntate deorum id esse factum; itaque fide data se nihil tale commissuram socios eius ad pristinam formam restituit, ipsa cum eodem concubuit, ex quo filios duos procreavit, Nausithoum et Telegonum.

Inde proficiscitur ad lacum Avernum, ad inferos descendit, ibique invenit Elpenorem socium suum, quem ad Circen reliquerat, interrogavitque eum, quomodo eo pervenisset; cui Elpenor respondit se ebrium per scalam
cecidisse et cervices fregisse et deprecatus est 98
eum, cum ad superos rediret, se sepulturae 99

Dann fuhren sie zu Aiolos, dem Sohn des Hellen[84], dem Zeus die Gewalt über die Winde übergeben hatte. Er nahm Odysseus gastlich auf und gab ihm einen Schlauch voll Wind als Geschenk. Die Gefährten aber glaubten, als sie den Schlauch in Empfang nahmen, Gold und Silber sei darin. Da sie es untereinander aufteilen wollten, öffneten sie heimlich den Schlauch, und die Winde fuhren heraus. Odysseus wurde wieder zu Aiolos getrieben, der ihn fortjagte, da der Wille der Götter Odysseus anscheinend feind war.

Von hier kam er zu den Lästrygonen, deren König Antiphates war. Dieser verschlang einen seiner Gefährten und zerschmetterte seine elf Schiffe, mit Ausnahme des einen, auf dem er nach dem Verlust seiner Gefährten zur Insel Ainaria[85] entkam, zu Kirke, der Tochter des Helios, die den Menschen einen Trank zu geben pflegte und sie dadurch in wilde Tiere verwandelte. Odysseus schickte Eurylochos mit zweiundzwanzig Gefährten zu ihr, und sie nahm ihnen ihr menschliches Aussehen. Eurylochos, der nicht eingetreten war, lief voll Angst davon und meldete es Odysseus. Dieser begab sich allein zu ihr. Doch auf dem Weg gab ihm Hermes ein Gegenmittel und zeigte ihm, wie er Kirke täuschen könne. Als er zu Kirke gekommen war und den Becher von ihr erhielt, warf er auf Weisung des Hermes das Gegenmittel hinein und zückte sein Schwert mit der Drohung, sie zu töten, wenn sie ihm seine Gefährten nicht wiedergebe. Da begriff Kirke, dass dies nicht ohne Willen der Götter geschehen sei. Daher gab sie das Versprechen, sie werde ihm nichts dergleichen antun, und verwandelte seine Gefährten wieder in ihre frühere Gestalt. Sie selber schlief mit Odysseus und bekam von ihm zwei Söhne, Nausithoos[86] und Telegonos.

Von hier brach er zum Avernersee auf, stieg in die Unterwelt hinab und fand dort seinen Gefährten Elpenor, den er bei Kirke zurückgelassen hatte. Er fragte ihn, wie er dorthin gelangt sei. Elpenor antwortete ihm, er sei in der Trunkenheit die Treppe hinuntergefallen und habe sich das Genick gebrochen; er bat Odysseus, wenn er in die Oberwelt zurückkehre, ihn bestatten zu lassen und ein Steuerruder traderet et sibi in tumulo gubernaculum poneret. Ibi et cum matre Anticlia est locutus de fine errationis suae. Deinde ad superos reversus Elpenorem sepelivit et gubernaculum, ita ut rogaverat, in tumulo ei fixit.

Tum ad Sirenas Melpomenes Musae et Acheloi filias venit, quae partem superiorem muliebrem habebant, inferiorem autem gallinaceam. Harum fatum fuit tam diu vivere, quam diu earum cantum mortalis audiens nemo praetervectus esset. Ulixes monitus a Circe Solis filia sociis cera aures obturavit seque ad arborem malum constringi iussit et sic praetervectus est.

Inde ad Scyllam Typhonis filiam venit, quae superiorem corporis partem muliebrem, inferiorem ab inguine piscis, et sex canes ex se natos habebat; eaque sex socios Ulixis nave abreptos consumpsit.

In insulam Siciliam ad Solis pecus sacrum venerat, quod socii eius cum coquerent in aeneo mugiebat; monitus, id ne attingeret, ab Tiresia et a Circe monitus Ulixes; itaque multos socios ob eam causam ibi amisit, ad Charybdinque perlatus, quae ter die obsorbebat terque eructabat, eam monitu Tiresiae praetervectus est. Sed ira Solis, quod pecus eius erat violatum (cum in insulam eius venisset et monitu Tiresiae vetuerit violari, cum Ulixes condormiret, socii involarunt pecus; itaque cum coquerent, carnes ex aeneo dabant balatus), ob id Iovis navem eius fulmine incendit.

Ex his locis errans naufragio facto sociis amissis enatavit in insulam Aeaeam, ubi Ca-
lypso Atlantis filia nympha, quae specie Ulixis 100
capta anno toto eum retinuit neque a se di- 101

auf seinen Grabhügel zu setzen. In der Unterwelt sprach Odysseus auch mit seiner Mutter Antikleia über das Ende seiner Irrfahrten. Dann kehrte er in die Oberwelt zurück, bestattete Elpenor und befestigte ein Steuerruder auf seinem Grab, wie er es erbeten hatte.

Darauf kam er zu den Sirenen, den Töchtern der Muse Melpomene und des Acheloos, die den Oberkörper einer Frau und einen Vogelunterleib hatten. Ihr Schicksal war es, so lange zu leben, bis ein Sterblicher, der ihren Gesang hörte, an ihnen vorübergefahren sei. Auf Weisung der Kirke, der Tochter des Helios, verstopfte Odysseus seinen Gefährten die Ohren mit Wachs und ließ sich an den Mastbaum binden. Auf diese Weise konnte er vorüberfahren.

Von dort kam er zu Skylla, der Tochter des Typhon, die den Oberkörper einer Frau und von der Hüfte an einen Fischleib hatte. Und sie hatte sechs Hunde, die aus ihr herausgewachsen waren. Sie schnappte sechs Gefährten vom Schiff des Odysseus und fraß sie auf.

Von hier kam er auf die Insel Sizilien zum heiligen Vieh des Helios, das laut im Kessel brüllte, als seine Gefährten es kochten. Teiresias und Kirke hatten Odysseus gewarnt, die Rinder anzurühren. Aus diesem Grund verlor er dort viele Gefährten und wurde zu Charybdis getrieben, die das Wasser dreimal am Tag einschlürfte und dreimal ausspie. Nach Teiresias' Weisung fuhr er an ihr vorbei. Doch nun zürnte Helios, weil sie sich an seinem Vieh vergangen hatten: Als Odysseus auf dessen Insel kam und nach Teiresias' Weisung den Gefährten verbot, sich an den Rindern zu vergehen, stürzten sie sich darauf, als Odysseus schlief. Daher muhten die Fleischstücke aus dem Erzkessel, als sie sie kochten. Wegen dieses Frevels setzte Zeus das Schiff des Odysseus mit einem Blitz in Brand.

Von hier setzte er seine Irrfahrt fort, und nachdem er Schiffbruch erlitten und seine Gefährten verloren hatte, schwamm er zur Insel Aiaia[87], wo die Nymphe Kalypso lebte, die Tochter des Atlas. Sie hielt Odysseus, von seiner Erscheinung hingerissen, ein ganzes Jahr fest und wollte mittere voluit, donec Mercurius Iovis iussu denuntiavit nymphae, ut eum dimitteret.

Et ibi facta rate Calypso omnibus rebus ornatum eum dimisit eamque ratim Neptunus fluctibus disiecit, quod Cyclopem filium eius lumine privaverat. Ibi cum fluctibus iactaretur, Leucothoe, quam nos Matrem Matutam dicimus, quae in mari exigit aevum, balteum ei dedit, quo sibi pectus suum vinciret, ne pessum abiret. Quod cum fecisset, enatavit. Inde in insulam Phaeacum venit nudusque ex arborum foliis se obruit, qua Nausicaa Alcinoi regis filia vestem ad flumen lavandam tulit. Ille erepsit e foliis et ab ea petit, ut sibi opem ferret. Illa misericordia mota pallio eum operuit et ad patrem suum eum adduxit. Alcinous hospitio liberaliter acceptum donisque decoratum in patriam Ithacam dimisit. Ira Mercurii iterum naufragium fecit.

Post vicesimum annum sociis amissis solus in patriam redit, et cum ab hominibus ignoraretur domumque suam attigisset, procos, qui Penelopen in coniugium petebant, obsidentes vidit regiam seque hospitem simulavit. Et Euryclia nutrix ipsius, dum pedes ei lavat, ex cicatrice Ulixem esse cognovit. Postea procos Minerva adiutrice cum Telemacho filio et duobus servis interfecit sagittis.

TELEGONUS

Telegonus Ulixis et Circes filius missus a matre, ut genitorem quaereret, tempestate in Ithacam est delatus ibique fame coactus agros depopulari coepit; cum quo Ulixes et Telemachus ignari arma contulerunt.

Ulixes a Telegono filio est interfectus, quod 102
ei responsum fuerat, ut a filio caveret mortem. 103

ihn nicht fortlassen, bis Hermes auf Zeus' Befehl der Nymphe die Botschaft brachte, sie solle ihn ziehen lassen.

Odysseus baute dort ein Floß; Kalypso stattete ihn mit allem aus und ließ ihn gehen. Dieses Floß zerschmetterte Poseidon mit seinen Fluten, weil Odysseus den Kyklopen, seinen Sohn, des Augenlichts beraubt hatte. Als er in den Fluten trieb, gab ihm Leukothoe, die wir Mater Matuta nennen und die ihr Leben im Meer verbringt, einen Gürtel, den er sich um seine Brust band, um nicht unterzugehen. Als er das getan hatte, rettete er sich schwimmend.

Er kam zur Insel der Phaiaken. Da er nackt war, bedeckte er sich mit Baumblättern. Nausikaa, die Tochter des Königs Alkinoos, brachte dort ihre Kleider zum Fluss, um sie zu waschen. Er kroch aus den Blättern und bat sie, ihm zu helfen. Aus Mitleid hüllte sie ihn in einen Mantel und führte ihn zu ihrem Vater. Alkinoos nahm ihn großzügig gastlich auf, ehrte ihn mit Geschenken und ließ ihn in seine Heimat Ithaka fahren. Weil Hermes erzürnt war, erlitt er noch einmal Schiffbruch.

Nach zwanzig Jahren kam er allein – alle Gefährten hatte er verloren – in seine Heimat zurück. Die Leute erkannten ihn nicht. Als er sein Haus erreichte, sah er, wie die Freier, die um Penelope anhielten, den Palast mit Beschlag belegt hatten, und gab sich als Fremder aus. Doch während Eurykleia, seine eigene Amme, ihm die Füße wusch, erkannte sie an einer Narbe, dass er Odysseus war. Später tötete er von Athene unterstützt zusammen mit seinem Sohn Telemach und zwei Dienern die Freier mit Pfeilen.

TELEGONOS

Telegonos, der Sohn des Odysseus und der Kirke, wurde von seiner Mutter ausgesandt, den Vater zu suchen. Ein Sturm trieb ihn nach Ithaka, und vom Hunger überwältigt begann er dort die Felder zu plündern. Ohne ihn zu erkennen, kämpften Odysseus und Telemach mit ihm.

Odysseus wurde von seinem Sohn Telegonos erschlagen. Von einem Orakel war ihm gesagt worden, er solle sich

Quem postquam cognovit, qui esset, iussu Minervae cum Telemacho et Penelope in patriam redierunt, in insulam Aeaeam; ad Circen Ulixem mortuum deportaverunt ibique sepulturae tradiderunt.

Eiusdem Minervae monitu Telegonus Penelopen, Telemachus Circen duxerunt uxores. Circe et Telemacho natus est Latinus, qui ex suo nomine Latinae linguae nomen imposuit; ex Penelope et Telegono natus est Italus, qui Italiam ex suo nomine denominavit.

CURA

Cura cum quendam fluvium transiret, vidit cretosum lutum, sustulit cogitabunda et coepit fingere hominem. Dum deliberat secum, quidnam fecisset, intervenit Iovis; rogat eum Cura, ut ei daret spiritum, quod facile ab Iove impetravit.

Cui cum vellet Cura nomen suum imponere, Iovis prohibuit suumque nomen ei dandum esse dixit. Dum de nomine Cura et Iovis disceptarent, surrexit et Tellus suumque nomen ei imponi debere dicebat, quandoquidem corpus suum praebuisset.

Sumpserunt Saturnum iudicem; quibus Saturnus aequus videtur iudicasse: «Tu, Iovis, quoniam spiritum dedisti, animam post mortem accipe; Tellus, quoniam corpus praebuit, corpus recipito. Cura quoniam prima eum finxit, quamdiu vixerit, Cura eum possideat; sed quoniam de nomine eius controversia est, homo vocetur, quoniam ex humo videtur esse factus.»

vor dem Tod durch seinen Sohn in acht nehmen. Als Telegonos erkannt hatte, wen er erschlagen hatte, kehrte er auf Befehl der Athene zusammen mit Telemach und Penelope in seine Heimat zurück, auf die Insel Aiaia. Sie brachten den toten Odysseus zu Kirke und ließen ihn dort bestatten.

Ebenfalls auf Weisung der Athene heiratete Telegonos Penelope und Telemach Kirke. Von Kirke und Telemach stammt Latinus ab, der der lateinischen Sprache ihren Namen gab. Von Penelope und Telegonos stammt Italus ab, der Italien nach seinem Namen benannte.

Anhang

DIE SORGE

Als die Sorge einen Fluss überqueren wollte, erblickte sie lehmigen Schlamm. In Gedanken versunken nahm sie ihn in die Hand und begann einen Menschen zu formen. Während sie bei sich überlegte, was sie da gemacht hatte, kam Jupiter dazu. Die Sorge bat ihn, der Gestalt Leben zu geben, und Jupiter gewährte es ihr bereitwillig.

Als die Sorge ihrem Geschöpf ihren Namen geben wollte, verbot Jupiter das und sagte, man müsse ihm seinen Namen geben. Als sich die Sorge und Jupiter um den Namen stritten, erhob sich auch die Erde und sagte, ihr Name müsse ihm gegeben werden, da sie ja seinen Leib geliefert habe.

Sie nahmen Saturn als Richter. Saturn schien ihnen eine gerechte Entscheidung gefällt zu haben: «Jupiter, da du das Leben gegeben hast, sollst du nach seinem Tod seine Seele bekommen. Da die Erde den Leib geliefert hat, soll sie den Leib bekommen. Da die Sorge ihn als erste geformt hat, soll sie ihn besitzen, solange er lebt. Aber da es nun einen Streit um seinen Namen gibt, soll er «homo» (Mensch) heißen, da er ja, wie es scheint, aus «humus» (Erde) geschaffen ist[88].»

QUI INTER SE AMICITIA IUNCTISSIMI FUERUNT

In Sicilia Dionysius tyrannus crudelissimus cum esset suosque cives cruciatibus interficeret, Moeros tyrannum voluit interficere; quem satellites cum deprehendissent armatum, ad regem perduxerunt. Qui interrogatus respondit se regem voluisse interficere; quem rex iussit crucifigi; a quo Moerus petit tridui commeatum, ut sororem suam nuptui collocaret, et daret tyranno Selinuntium amicum suum et sodalem, qui sponderet eum tertio die venturum. Cui rex indulsit commeatum ad sororem collocandam dicitque rex Selinuntio, nisi ad diem Moerus veniret, eum eandem poenam passurum et dimitti Moerum. Qui collocata sorore cum reverteretur, repente tempestate et pluvia orta flumen ita increvit, ut nec transiri nec transnatari posset; ad cuius ripam Moerus consedit et flere coepit, ne amicus pro se periret. Phalaris autem Selinuntium crucifigi cum iuberet, ideo quod horae sex tertii iam diei essent nec veniret Moerus, cui Selinuntius respondit diem adhuc non praeteriisse. Cumque iam horae novem essent, rex iubet duci Selinuntium in crucem. Qui cum duceretur, vix tandem Moerus liberato flumine consequitur carnificem exclamatque a longe: «Sustine, carnifex, adsum quem spopondit.» Quod factum regi nuntiatur; quos rex ad se iussit perduci rogavitque eos, ut se in amicitiam reciperent, vitamque Moero concessit.

Harmodius et Aristogiton. Item in Sicilia
eundem Phalarim Harmodius cum vellet inter- 106
ficere, simulationis causa scrofam porcellos 107

ENGE FREUNDE

Als auf Sizilien Dionysios, ein überaus grausamer Tyrann, herrschte und die Bürger, die ihm untertan waren, foltern und ermorden ließ, wollte Moerus den Tyrannen töten[89]. Die Leibwächter ergriffen ihn, der bewaffnet war, und führten ihn vor den König. Er wurde befragt und antwortete, er habe den König töten wollen. Der König befahl, ihn zu kreuzigen. Doch Moerus bat ihn, sich für drei Tage entfernen zu dürfen, um seine Schwester zu verheiraten, und gab dem Tyrannen seinen Freund und Gefährten Selinuntius, der für seine Rückkehr am dritten Tag bürgen solle. Der König bewilligte ihm die Abwesenheit zur Verheiratung seiner Schwester und sagte zu Selinuntius, wenn Moerus nicht pünktlich komme, werde er dieselbe Strafe erleiden und Moerus freigelassen. Als Moerus nach der Verheiratung seiner Schwester zurückkehren wollte, da erhob sich ein Sturm und es begann zu regnen, und der Fluss schwoll so an, dass er ihn weder durchschreiten noch durchschwimmen konnte. Moerus ließ sich am Ufer nieder und flehte unter Tränen darum, dass der Freund nicht für ihn sein Leben lassen müsse. Aber als Phalaris befahl, Selinuntius zu kreuzigen, weil schon sechs Stunden des dritten Tages vergangen waren und Moerus nicht gekommen war, da antwortete ihm Selinuntius, der Tag sei noch nicht vorüber. Als aber bereits neun Stunden vergangen waren, befahl der König, Selinuntius zum Kreuz zu führen. Als er dorthin gebracht wurde, holte Moerus, nachdem der Flussübergang wieder offen war, den Henker endlich ein und schrie von weitem: «Halt, Henker, ich bin da, für den er gebürgt hat!» Diese Begebenheit wurde dem König gemeldet. Er ließ die beiden zu sich bringen, bat sie, ihn in ihren Freundschaftsbund aufzunehmen, und schenkte dem Moerus das Leben.

Harmodios und Aristogeiton: Als ebenfalls auf Sizilien Harmodios eben diesen Phalaris ermorden wollte, schlachtete er zum Schein eine Sau, die Junge hatte, kam mit dem habentem occidit et venit ad Aristogitonem amicum suum ense sanguinolento dicitque se matrem interfecisse rogatque eum, ut se celaret. Qui cum ab eo celaretur, rogavit Aristogitonem, ut progrederetur rumoresque, qui essent de matre, sibi renuntiaret. Renuntiavit nullos esse rumores. Qui vesperi ita litem contraxerunt, ut alius alio potiora ingererent, nec ideo Aristogiton voluit obicere eum matrem interfecisse. Cui Harmodius patefecit se scrofam porcellos habentem interfecisse et ideo matrem dixisse; cui indicat se regem velle interficere rogatque eum, ut sibi adiutorio esset. Qui cum ad regem interficiendum venissent, deprehensi sunt a satellitibus armati, et cum perducerentur ad tyrannum, Aristogiton a satellitibus effugit, Harmodius autem solus cum perductus esset ad regem quaererentque ab eo, quis ei fuisset comes, ille, ne amicum proderet, linguam dentibus sibi praecidit eamque regis in faciem inspuit.

blutigen Schwert zu seinem Freund Aristogeiton, sagte, er habe die Mutter umgebracht, und bat ihn, ihn zu verstecken. Als er von ihm versteckt gehalten wurde, bat er Aristogeiton, auf die Straße zu gehen und ihm die Gerüchte, die es über seine Mutter gebe, zu berichten. Der berichtete ihm, es gebe keine Gerüchte. Am Abend fingen sie einen solchen Streit an, dass sie einander immer schlimmere Dinge an den Kopf warfen, und trotzdem wollte ihm Aristogeiton nicht vorwerfen, dass er seine Mutter getötet habe. Da verriet ihm Harmodios, dass er eine Sau, die Junge hatte, getötet und deswegen «Mutter» gesagt habe. Und er verriet ihm, dass er den König töten wolle, und bat ihn um seine Hilfe. Als sie kamen, um den König zu ermorden, wurden sie mit ihren Waffen von der Leibwache ergriffen. Sie sollten vor den Tyrannen geführt werden, aber Aristogeiton entkam den Leibwächtern, und Harmodios wurde allein zum König geführt. Als man ihn fragte, wer sein Begleiter gewesen sei, biss er sich, um den Freund nicht zu verraten, mit den Zähnen die Zunge ab und spuckte sie dem König ins Gesicht.

Nachwort

Die europäisch-westliche Zivilisation verdankt den Griechen nicht nur Philosophie und Wissenschaft, das heißt ein rationales, aufgeklärtes Verhältnis zur Welt. Zum Erbe der Antike gehört auch die andere Seite der griechischen Kultur, die dem Logos, der Vernunft, scheinbar entgegengesetzt ist: der Mythos. Wir wissen inzwischen, dass der Gegensatz nicht zu sehr betont werden darf, da auch der Mythos ein Versuch der Welterklärung ist – freilich nicht in Begriffen, sondern in Bildern und Geschichten, und dass andererseits auch Begriffe mythischen Charakter haben, Aufklärung in Mythos umschlagen kann.

Auch als die Philosophie von Jonien aus die Natur zu «entmythologisieren» begann, blieb die Welt voller Götter, selbst im christlichen Mittelalter verschwand die Kunde von den Göttern nicht, weil die Mythen (wie schon im Altertum) als Berichte von historischen Tatsachen und wirklichen Menschen oder als kosmische Symbole und moralische Allegorien verstanden wurden. «Sie waren Transportmittel derartig tiefer, derartig dauerhafter Ideen, dass sie nicht untergehen konnten».[1] Freilich erlitten die Götter im Lauf der Jahrhunderte so unglaubliche Entstellungem, dass die Hinwendung zu den klassischen Autoren in der Renaissance auch eine Wiedergeburt der antiken Götter mit sich brachte. Seitdem haben Dichter, Künstler und Komponisten im griechischen Mythos immer wieder Motive und Gestalten gefunden, in denen sie sich und ihre Zeit erkannten.

Doch was bleibt vom Mythos übrig in unserer entgötterten Welt? «Wo nichts Göttliches mehr ist, das er spiegeln kann, behält er das Menschliche als zeitloses Schema zurück. Der Mythos ist zum Archetypos geworden. Aus einer religiösen hat er sich in eine psychologische Kategorie gewandelt.»[2] Der Mythos ist, wie die Psychoanalytiker annehmen, eine «Projektion der menschlichen Seele auf die Wirklichkeit»[3]. Für C.G. Jung sind Mythen Ausdruck eines kollektiven Unbewussten, Bilder sogenannter Archetypen, die gemeinsamer Besitz der Menschheit seien.

Auch wenn die Psychologie unser Verständnis für den Mythos bereichert hat, kann sie nicht als allgemeines Deutungsmodell dienen. Das gilt auch für den Strukturalismus, nach dem der Mythos ein Zeichensystem für soziale Beziehungen ist. Mit eindimensionalen Erklärungsmustern wird man dem Mythos in seiner Vieldeutigkeit, wie es scheint, nicht gerecht.

Der Mythos spricht, nach dem Wort eines spätantiken Autors, von dem, «was nie geschah, aber dennoch immer ist»[4]: Auch heute noch, wo sich das Bild des Menschen aufzulösen beginnt – und vielleicht gerade deshalb –, fesseln uns die Geschichten von Atreus und Thyestes, von Antigone, von Agamemnon, Iphigenie und Orest, weil wir darin die Möglichkeiten und die Abgründe des Menschen und damit uns selbst erkennen. Zwar beantwortet die Geschichte von Prometheus keine Frage über den Menschen, »aber sie scheint alle Fragen zu enthalten, die über ihn gestellt werden können.»[5]

Mit Hesiod (um 700 v.Chr.) beginnt die Systematisierung der mythischen Tradition in genealogischer und chronologischer Ordnung. Auch das unter dem Namen des Hyginus überlieferte Buch, das fast ein Jahrtausend später geschrieben wurde, dient noch, wenngleich eher für die Bedürfnisse der Schule und ohne jeden literarischen Anspruch, diesem Zweck. Wer der Verfasser ist, wissen wir nicht. Gaius Iulius Hyginus, der Freigelassene des Augustus, der die Bibliothek auf dem Palatin leitete und einige philologische Werke geschrieben hat, kommt als Autor ebensowenig in Betracht wie der gleichnamige Verfasser von Schriften zur Vermessungskunde. Auch das unter dem Namen Hygin bekannte astronomische Handbuch *Astronomica* scheint nicht von dem Mythenerzähler zu stammen. Erkennbar ist nur, dass die *Fabulae* vor dem Jahr 207 erschienen sein müssen, weil in diesem Jahr Teile davon ins Griechische übersetzt wurden. Deutlich ist auch, dass der Autor aus griechischen Quellen geschöpft hat, die uns freilich nicht erhalten sind. Manches hat er falsch verstanden und falsch wiedergegeben, manches wohl auch aufs äußerste verkürzt, so dass wir gelegentlich einen Gedanken in unserer Phantasie ergänzen müssen. Nicht selten hat man den Eindruck, der Verfasser rechne ohnehin damit, dass seine Leser den Inhalt der Geschichten kennen, so dass er sich auf bloße Hinweise beschränken kann.

Seine Sprache ist schlicht, seine Wortwahl sehr beschränkt, vor Wiederholungen hat er nicht die geringste Scheu. Hygin, wenn wir ihn so nennen wollen, erzählt unbeholfen, nicht selten geradezu stümperhaft, alles Poetische fehlt, vergeblich suchen wir irgendwelche rhetorischen Kunstgriffe – und trotzdem haben viele Dichter der Neuzeit die *Fabulae* geschätzt, nicht zuletzt Schiller, der in einem Brief an Goethe vom 28.8.1798 schreibt: «Vergnügen verschafft mir jetzt die Fabelsammlung des Hyginus, den ich eben durchlese. Es ist eine eigene Lust, durch diese Märchengestalten zu wandeln, welche der poetische Geist belebt hat, man fühlt sich auf dem heimischten Boden und von dem größten Gestaltenreichtum bewegt. Ich möchte deswegen auch an der nachlässigen Ordnung des Buchs nichts geändert haben, man muss es gerade rasch hintereinander durchlesen, wie es kommt, um die ganze Anmut und Fülle der griechischen Phantasie zu empfinden. Für den tragischen Dichter stecken noch die herrlichsten Stoffe darin.»

In der Tat sind die *Fabulae*, gerade weil sie nicht mehr als Inhaltsangaben bieten, eine Fundgrube für mythologische Stoffe, und nicht nur Goethe und Schiller haben darin manches Motiv entdeckt. Erstaunlich ist, dass Hygins Beschränkung auf den mythischen «plot» seinen Geschichten, die selten länger als eine halbe Seite sind, ungeheure Kraft verleiht und das archaisch Gewalttätige, Entsetzliche, das mit vielen Sagen verbunden ist, höchst eindringlich vor Augen führt. Fast keine Geschichte, in der nicht von Mord und Vergewaltigung, Betrug und Rache die Rede ist, Inzest gibt es nicht nur in der Ödipussage, und Tantalus ist nicht der einzige, der ein Kind schlachtet und es jemandem zum Mahl vorsetzt – Gewaltphantasien der Menschen, die gebannt werden, indem sie in der mythischen Geschichte Gestalt annehmen.

Eine unschätzbare Quelle ist Hygin auch deswegen, weil manche Einzelheit nur bei ihm überliefert ist, so dass das mythische Erbe der Griechen durch ihn bereichert wird. Manche Geschichten variieren die aus Epen oder Dramen bekannte Version einer Sage, mehrfach bezieht er sein Wissen aus nicht erhaltenen Einleitungen («Hypotheseis») verlorener Tragödien und vermehrt damit unsere literaturgeschichtlichen Kenntnisse.

Wenn Schiller von «nachlässiger Ordnung» spricht, tut er dem Verfasser der *Fabulae* insofern Unrecht, als die Sammlung ursprünglich wohl sinnvoll gegliedert war, und zwar in der Tradition mythologischer Handbücher nach genealogischen Prinzipien. Das Buch begann also wohl mit den alten Göttern und Titanen, darauf folgte die Generation der olympischen Götter unter der Herrschaft des Zeus. Danach wurden die Geschichten der Helden vor dem trojanischen Krieg erzählt, dann die Ereignisse um Troja, und schließlich die Rückkehr der Helden bis zum Tod des Odysseus. Diese Ordnung, auf die einige Anzeichen hinweisen, ist im Lauf der Überlieferung schwer gestört worden. Spätere Bearbeiter scheinen andere Fassungen eingefügt zu haben, ohne an Doubletten Anstoß zu nehmen. Unsere Auswahl versucht, der traditionellen Anordnung ein wenig näherzukommen durch eine Zusammenstellung der verstreuten Göttersagen in den ersten Kapiteln, ohne freilich, was die urprüngliche Reihenfolge betrifft, die geringste Sicherheit bieten zu können. Von der Jason-Sage an folgt der Text weitgehend der überlieferten Anordnung.

Der Text der *Fabulae* ist nur durch eine einzige Handschrift (um 900) in die Neuzeit gelangt. Nach der Erstausgabe im Jahr 1535 ging das Manuskript, ein Kodex aus Freising, bis auf wenige Fragmente verloren. Einen korrekten Wortlaut herstellen zu wollen, ist insofern ein heilloses Unterfangen, als der erste Herausgeber, Iacobus Micyllus, nachweislich mit geringer Sorgfalt vorgegangen ist. Unsere Ausgabe geht vom Text der Teubner-Ausgabe aus (Stuttgart und Leipzig 1993), weicht jedoch in der Anordnung der Sagen und in einzelnen Lesarten davon ab. Die Interpunktion und die Großschreibung am Satzanfang entsprechen deutschen Schulausgaben.

Die Übersetzung soll, soweit es sich mit der deutschen Sprache verträgt, den schlichten Stil des Originals nicht vertuschen. In einigen Fällen wurden besonders glückliche Wendungen von Ludwig Mader (1963), die nicht zu übertreffen waren, übernommen. Die Eigennamen sind prinzipiell in der griechischen Form wiedergegeben, nur wo andere Formen im deutschen Sprachgebrauch auch heute noch üblich sind, ist davon abgewichen, gewiss auf Kosten der Einheitlichkeit. Aber dem deutschen Leser vertraute Namen wie Medea, Ödipus und Iphigenie durch die konsequente griechische Form Medeia, Oidipus und Iphigeneia zu ersetzen, wäre doch eher befremdlich.

Für das vorliegende Buch wurden die bekanntesten Geschichten ausgewählt, etwa ein Drittel der von Hygin behandelten Sagen. Nicht aufgenommen wurden (mit einer Ausnahme) die indexartigen Zusammenstellungen am Ende des Werks, die nur aus Namen bestehen, auch wenn sie für den Mythenforscher höchst aufschlussreich sind: Väter, die ihre Töchter, Mütter, die ihre Söhne, Frauen, die ihre Gatten, Männer, die ihre Frauen töteten; Selbstmörder und Selbstmörderinnen; Männer, die ihre Söhne verspeisten; fromme Männer, ruchlose Frauen, keusche Frauen usw. Hier zeigt sich ganz deutlich der Lehrbuch-Charakter des Originals.

Die Anmerkungen weisen vor allem auf Abweichungen in der mythologischen Überlieferung hin. Sie ersetzen nicht den Blick in Lexika zur Mythologie, in denen die Sagen oft ausführlicher dargestellt werden als bei Hygin (s. Literaturhinweise).

Die Ausgabe hätte ihren Zweck erfüllt, wenn sie einen

Zugang zu dem unerschöpflichen Sagenschatz der Antike eröffnete, sei es durch die Übersetzung, sei es durch das Original, dessen einfache Sprache auch bei bescheidenen Lateinkenntnissen kaum Verständnisschwierigkeiten bieten dürfte.

[1] Jean Seznec: Das Fortleben der antiken Götter. Die mythologische Tradition im Humanismus und in der Kunst der Renaissance. München (Fink) 1990. S. 115.
[2] Albert von Schirnding: Die Weisheit der Bilder. Erfahrungen mit dem griechischen Mythos. München (Kösel) 1979. S. 93.
[3] Kurt Hübner: Die moderne Mythos-Forschung – eine noch nicht erkannte Revolution. In: Dieter Borchmeyer (Hg.): Wege des Mythos in der Moderne. Richard Wagner «Der Ring des Nibelungen». S. 244.
[4] Sallustios, De deis et mundo 4,9, zitiert bei Hans Blumenberg: Wirklichkeitsbegriff und Wirkungspotential des Mythos. In: Manfred Fuhrmann (Hg.): Terror und Spiel. Probleme der Mythenrezeption. München (Fink) 1971. S. 32.
[5] Hans Blumenberg (s. Anm. 5) S. 35.

Anmerkungen

1 Hygin erwähnt nicht die sprichwörtliche «Büchse der Pandora», aus der die Leiden über die Menschheit kommen.

2 Prometheus: der «Vorausdenkende», Sohn des Titanen Japetos, Schöpfer und Wohltäter der Menschen, Kulturbringer und Symbolfigur für den Fortschritt. Prometheus wollte Zeus betrügen, indem er ihm statt des Opferfleisches die unter einer Fettschicht verborgenen Knochen anbot. Daraufhin verweigerte Zeus den Menschen das Feuer. Prometheus raubte es, gab es seinen Geschöpfen wieder und wurde dafür von Zeus bestraft. Bei Hygin andere Begründung für den Raub des Feuers.

3 In der übrigen Tradition frisst der Adler nicht das Herz, sondern die Leber des Prometheus.

4 Eridanos: mythischer Strom im Westen, zuweilen mit dem Po gleichgesetzt.

5 Statt des Ätna wird sonst der Parnass genannt.

6 Als König von Eleusis wird sonst Keleos genannt.

7 Hygin erklärt nicht, in welchem Verhältnis Keleos zum König Eleusinos steht. – Der Pflegesohn der Demeter ist sonst Demophon, der im Feuer umkommt, als seine Mutter beobachtet, wie die Göttin ihn unsterblich machen will. Triptolemos gilt manchmal als Bruder des Demophon.

8 Am Anfang der Geschichte steht ein schlecht überlieferter genealogischer Überblick, der hier weggelassen wurde.

9 Wegen der Tötung des Ungeheuers mit den «Argusaugen» bekam Hermes den Beinamen Argostöter (Argeiphontes).

10 Eine Bremse, die Io nicht zur Ruhe kommen ließ.

11 Ios Sohn Epaphos wurde in Ägypten als Stiergott Apis verehrt.

12 Als Gattin des Epaphos wird sonst Memphis genannt.

13 Söhne und Töchter des Uranos und der Gaia (des Himmels und der Erde). Einer von ihnen, Kronos, entmannte Uranos und herrschte nun an dessen Stelle. Als Kronos geweissagt wurde, er werde von einem seiner eigenen Kinder ebenso entthront werden, wie er seinen Vater Uranos gestürzt hatte, verschlang er seine Kinder sogleich nach ihrer Geburt – außer Zeus: an dessen Stelle hatte ihm Rhea, seine Gattin, einen in Windeln gewickelten Stein gegeben. Zeus wurde auf Kreta aufgezogen. Nachdem er herangewachsen war, besiegte er Kronos mit Hilfe der Giganten und Kyklopen und übernahm die Herrschaft. Die Titanen wurden in den Tartaros gestürzt.

14 Sohn des Titanen Japetos, Bruder des Prometheus. Mit dem nord-

afrikanischen Gebirge gleichgesetzt. Zum Tragen des Himmelsgewölbes verurteilt wegen seiner Teilnahme am Kampf der Titanen gegen die olympischen Götter.

15 Lat. Polus (= Himmelsgewölbe) entspricht dem Titanen Koios.

16 Mythische Insel, mit Delos gleichgesetzt.

17 Lat. «caesia» entspricht dem griechischen Beinamen der Athene (glaukopis = mit blaugrauen, strahlenden Augen). Vielleicht hat Hygin die griechische Vorlage missverstanden.

18 Eros, der Sohn der Liebesgöttin, war über Apoll verärgert, weil dieser zu ihm gesagt hatte, das Bogenschießen solle der Knabe Männern überlassen. Deshalb schoss er einen Pfeil mit vergoldeter Spitze auf Apoll und bewirkte damit, dass sich der Gott in Daphne verliebte. Das Mädchen aber traf er mit einem Pfeil, dessen Spitze aus Blei war: von da an wies sie alle Männer zurück und wollte für immer jungfräulich bleiben.

19 Der Mythos begründet, warum der Lorbeer (griech. daphne) Apoll heilig ist.

20 Glaukos ertrank als Kind in einem Honigbehälter. Er wurde von dem Seher Polyeidos oder von Asklepios wieder zum Leben erweckt.

21 Welche Toten Asklepios wieder erweckt hat, ist unklar. Jedenfalls wird unter ihnen auch Hippolytos erwähnt, der Sohn des Theseus, (s. u. «Hippolytos»).

22 Phönizische Stadt, heute Saida südlich von Beirut.

23 Minos, Sarpedon, Rhadamantys: Minos wurde König von Kreta, Sarpedon zog nach Lykien, Rhadamantys nach Böotien. Minos und Rhadamantys wurden nach ihrem Tod Richter in der Unterwelt.

24 Die Kastalische Quelle befindet sich nicht in der Nähe der von Kadmos gegründeten Stadt Theben, sondern bei Delphi.

25 «Die Gesäten», die Ahnherren des thebanischen Adels.

26 Ein dionysisches Fest (griech. Aiora) im attischen Ikaria und in Athen.

27 Genannt werden nur elf Namen.

28 Lydischer König; ursprüngliche Form (nach Plinius) Timolus.

29 Begleiter des Dionysos, älterer Satyr mit Pferdeohren, Pferdeschwanz und Hufen, dickbäuchig, stumpfnasig und von derb-sinnlichem Wesen.

30 Astarte, mit der die Griechen Aphrodite gleichsetzten.

31 Gemeint sind wohl «Zaubermittel, die Unglück bringen».

32 Kinder des Königs Athamas und der Wolkennymphe Nephele. Zur Vorgeschichte: Ihre Stiefmutter Ino trachtet ihnen nach dem Leben. Sie gibt vor, ein Orakel verlange die Opferung des Phrixos,

wenn die Hungersnot aufhören soll. Zur Rettung ihrer Kinder schickt Nephele den Widder mit dem goldenen Vlies.

33 Sohn des Sonnengottes Helios, Bruder der Kirke und der Pasiphaë, Vater der Medea, König in Kolchis am Schwarzen Meer.

34 Phrixos ist der Enkel des Aiolos. Hygin scheint in seiner griechischen Vorlage das Wort «Aiolides» («Sohn» oder «Nachkomme» des Aiolos) missverstanden zu haben.

35 Sonst wird Kytsisoros genannt.

36 Jason war der Sohn des Aison, des rechtmäßigen Thronfolgers von Jolkos. Dessen Halbruder Pelias hatte Aison den Thron geraubt. Als Jason erwachsen war, wollte er die Herrschaft in Jolkos antreten. Pelias fürchtete aufgrund einer Weissagung, von Jason getötet zu werden. Deswegen versprach er ihm die Herrschaft nur unter der Bedingung, dass er ihm vorher das Goldene Vlies bringe. Auf dem Schiff «Argo» fährt Jason mit vielen Helden, die der Generation vor den Trojakämpfern angehören, nach Kolchis.

37 König der Phaiaken auf der Insel Scheria, wo Odysseus an Land gespült wird. Eine Generation früher hatte Alkinoos die Argonauten auf ihrer Flucht aus Kolchis aufgenommen.

38 Die Phaiakenkönigin Arete zeichnet sich nicht nur durch kluge Ratschläge, sondern auch durch ihre Hilfsbereitschaft aus. Der schiffbrüchige Odysseus wendet sich mit seinen Bitten zuerst an sie, dann erst an Alkinoos.

39 Nach einer anderen Version nahm Medea Absyrtos, der noch ein Kind war, als Geisel mit auf die Flucht, tötete und zerstückelte ihn und warf seine Körperglieder ins Meer, um die Verfolger aufzuhalten, die die Leichenteile einsammelten.

40 Die Apsyrtischen Inseln in der Adria bei Pola. Als Grabesort des Absyrtos wird auch Apsaros am Schwarzen Meer genannt.

41 Unbekannte Insel.

42 Gemeint ist wohl: «nicht mehr weit von Jolkos».

43 Verwechslung mit dem Thebaner Kreon; es müsste heißen: Sohn des Lykaithos.

44 Anderer Name für die obengenannte Glauke.

45 Siehe Anm. 40.

46 Alkmene verweigerte ihrem Gatten Amphitryon den Vollzug der Ehe, solange er nicht den Tod ihrer Brüder gerächt hatte. Hygin lässt die Vorgeschichte aus.

47 In der übrigen Tradition kämpft Amphitryon gegen König Pterelaos auf den taphischen Inseln.

48 Nach anderer Überlieferung bringt sie Zwillinge zur Welt: Herakles, Sohn des Zeus, und Iphikles, Sohn des Amphitryon.

49 D.h. der Ursprüngliche, Allererste. In Rom hat es einen Kult des Hercules Primigenius gegeben. Vielleicht bezieht sich der Beiname darauf, dass Herakles von Alkmenes Zwillingen als erster geboren wurde. Die Tötung der Schlangen ist als Begründung für den Namen nicht verständlich.

50 Sonst wird Iolaos als Helfer genannt.

51 Nach anderer Überlieferung wurde Abderos, der Sohn des Hermes, von den menschenfressenden Pferden des Diomedes zerrissen, als er sie für Herakles bewachte. Herakles gründete zu seinem Gedenken die Stadt Abdera.

52 Antiope ist die Schwester der Amazonenkönigin Hippolyte (nach anderer Überlieferung nur ein anderer Name für diese). Theseus, der Herakles dabei unterstützte, den Gürtel der Amazonenkönigin zu rauben, nahm Antiope zur Frau; sie gebar ihm Hippolytos.

53 Wildes Volk von Mischwesen mit Pferdekörpern und Kopf und Armen eines Menschen; sie wohnten auf dem Berg Pelion in Thessalien. Feindschaft mit dem Nachbarvolk der Lapithen.

54 Sonst wird als Tochter des Dexamenos Mnesimache genannt.

55 Kerberos.

56 Siehe Anm. 53.

57 Nur Hygin erzählt von dieser Schandtat des Herakles.

58 Nach anderer Tradition errichtete Hyllos, der Sohn des Herakles, den Scheiterhaufen.

59 An der Ostküste des Isthmos von Korinth.

60 Der Text scheint hier lückenhaft überliefert.

61 Ungenau: Hippolytos stürzte aus dem Wagen und wurde zu Tode geschleift.

62 König von Argos.

63 Anderer Name für Medusa, eine der drei Gorgonen, deren Anblick so grässlich war, dass jeder, der sie sah, zu Stein erstarrte. Perseus konnte ihr das Haupt, aus dessen Haar Schlangen züngelten, abschlagen, weil er sie nur im Spiegel betrachtete. Er gab das Gorgonenhaupt Athene, die es von da an auf ihrem Schild trug.

64 Griech. Oidipus, d.h. Schwellfuß.

65 Geflügelter Löwe mit dem Kopf einer Frau. Weil Hera von den Thebanern beleidigt worden war, schickte sie das Ungeheuer nach Theben, um die Stadt zu strafen. Das berühmte Rätsel der Sphinx lautete (nach Apollodor): «Was ist das? Es hat eine einzige Stimme und ist bald vierfüßig, bald zweifüßig, bald dreifüßig?» Ödipus fand die Lösung: Es ist der Mensch, der sich als Kind auf allen Vieren fortbewegt, dann auf zwei Beinen geht und im Alter einen Stock als dritten Fuß benützt.

66 Sohn des Kreon und der Eurydike. Der in der vorigen Geschichte erwähnte Menoikeus ist der Vater des Kreon.
67 Hygin folgt nicht der bekannten Version der Sophokleischen Antigone, sondern schließt sich an eine nur in Fragmenten erhaltene Tragödie des Euripides an.
68 König von Sparta.
69 Es ist nicht klar, was damit gemeint ist.
70 Überliefert ist «Athenas».
71 Auf dem Kap Tainaron im Südwesten der Peloponnes dachte man sich den Eingang zur Unterwelt.
72 Der Name ist entstellt.
73 Kastor und Polydeukes (lat. Pollux) wurden von den Seeleuten verehrt, denen sie als Elmsfeuer erschienen. Auf Münzen wurden sie mit einem Stern über dem Kopf dargestellt.
74 Eine der Titaninnen.
75 «fine corporis» beruht wohl auf einer Verwechslung der griechischen Wörter für «Mund» (stoma) und «Körper» (soma).
76 Das Meer zwischen der Peloponnes und den Kykladen. Der Name kommt eher von einer Insel Myrto. – Myrtilos wurde von Hermes als das Sternbild «Fuhrmann» an den Himmel versetzt.
77 Sohn des Thyestes. Auch Atreus hatte einen Sohn dieses Namens (s. vorige Geschichte).
78 Der Avernersee befindet sich in der Nähe von Neapel, Thesprotos' Reich dagegen liegt in Epirus.
79 Beiname für Zeus als Beschützer des Hauswesens.
80 Der Name ist entstellt.
81 Nach anderer Überlieferung (Vergil) starb Anchises auf Sizilien. Sein Sohn Aeneas hatte ihn nach der Einnahme Trojas aus der brennenden Stadt getragen und auf die Flucht mitgenommen.
82 Beiname Apolls, mit dem er als Vertreiber der Feldmäuse bezeichnet wird.
83 Sonst nicht bekannt.
84 Verwechslung: Der Herr der Winde ist der Sohn des Hippotas.
85 Sonst gilt Aiaia als Insel der Kirke.
86 Verwechslung: Nausithoos ist der Sohn der Kalypso.
87 Sonst Ogygia.
88 Einzige lateinische Sage bei Hygin. Das Wortspiel homo / humus kann im Deutschen nicht wiedergegeben werden.
89 Die Geschichte ist vor allem durch Schillers Ballade «Die Bürgschaft» berühmt geworden.

Die wichtigsten Götter der Griechen

Zeus (lat. Iuppiter)
Oberster Gott der Griechen, Sohn des Kronos und der Rhea, die zum Geschlecht der Titanen, der Kinder von Uranos (Himmel) und Gaia (Erde), gehören. Nachdem er mit Hilfe der Kyklopen und seiner Brüder Poseidon und Hades seinen Vater Kronos besiegt und in den Tartaros gestürzt hat, übernimmt er die Herrschaft über den Himmel, Poseidon bekommt die Herrschaft über das Meer, und Hades wird Herr der Unterwelt. Zeus herrscht über Götter und Menschen, er macht das Wetter, er schleudert die Blitze. Er schützt die Stadt und das Hauswesen, er bestraft die Verletzung des Eides und der Gastfreundschaft. Seine letzte Ehefrau ist seine Schwester Hera.

Poseidon (lat. Neptunus)
Bruder des Zeus, Herrscher über das Meer. Seine Waffe ist der Dreizack, mit dem er die Erde erschüttern kann.

Hades (lat. Pluto(n), Dis, Orcus)
Bruder des Zeus, Herrscher in der Unterwelt, im Reich der Toten. Er wurde mit dem unterirdischen Gott des Reichtums gleichgesetzt, da die Erde die Pflanzen ernährt und Edelmetalle in sich birgt. Persephone, die von Hades entführte Tochter des Zeus und der Demeter, herrscht an seiner Seite ein Drittel des Jahres über das Totenreich, die übrige Zeit bringt sie bei den Göttern auf dem Olymp zu.

Hera (lat. Iuno)
Gattin und Schwester des Zeus. Sie schützt die Ehe und ist die Patronin der verheirateten Frau. Voll Eifersucht verfolgt sie die Geliebten ihres Gatten Zeus. Die Trojaner sind ihr verhasst, weil der trojanische Königssohn Paris nicht sie, sondern Aphrodite zur Siegerin im Schönheitswettbewerb erklärt hat.

Ares (lat. Mars)
Sohn des Zeus und der Hera, Gott des Krieges. Berühmt ist seine Liebschaft mit Aphrodite, der Gattin des Hephaistos, der das frivole Paar dem Gespött der Götter preisgab.

Athene (lat. Minerva)
Tochter des Zeus, die seinem Haupt in voller Rüstung entstieg und keine Mutter hat. Jungfräuliche Göttin des Krieges, der Künste und der Weisheit. Sie ist die Schutzherrin der Stadt Athen. Als sie mit

Poseidon um Athen stritt, ließ dieser eine Salzwasserquelle entspringen, während sie einen Ölbaum hervorbrachte und mit dieser Gabe siegte.

Apollon (lat. Apollo)
Sohn des Zeus und der Leto, Zwillingsbruder der Artemis, Gott der Musik, der Heilkunst, des Lichtes und der Weissagung. Berühmt ist sein Orakel in Delphi.

Artemis (lat. Diana)
Tochter des Zeus und der Leto, jungfräuliche Zwillingsschwester des Apoll, Beschützerin der wilden Tiere, Göttin der Jagd.

Aphrodite (lat. Venus)
Tochter des Zeus und der Dione, nach anderer Tradition wurde sie aus dem Schaum geboren, der entstand, als Kronos seinen Vater Uranos entmannte und dessen Geschlecht ins Meer fiel. Auf der Insel Zypern ging die «Schaumgeborene» an Land. Göttin der Liebe, des Verlangens und der Schönheit. Sie ist mit Hephaistos, dem hinkenden Schmiedegott, verheiratet, den sie mit Ares betrügt.

Hermes (lat. Mercurius)
Sohn des Zeus und der Maia, Götterbote mit Flügeln an Hut und Schuhen, Schutzgott der Kaufleute und der Diebe; Gott der Reisenden, Geleiter der Toten auf dem Weg in die Unterwelt.

Hephaistos (lat. Vulcanus)
Sohn des Zeus und der Hera oder der Hera allein, Gott des Feuers und Patron der Schmiede; er stellt die Waffen für die Götter her. Er hinkt, weil Hera ihn vom Olymp warf, als sie sah, was für ein hässliches Kind sie geboren hatte. Er ist mit der Liebesgöttin Aphrodite verheiratet.

Demeter (lat. Ceres)
Tochter des Kronos und der Rhea, Schwester des Zeus, Mutter der Persephone, Göttin der Fruchtbarkeit («Erdmutter») und des Ackerbaus. Nachdem Persephone von Hades in die Unterwelt entführt worden ist, irrt sie umher, um ihre Tochter zu suchen. Sie bewirkt eine Hungersnot, und erst als sie erreicht, dass Persephone einen Teil des Jahres bei ihr verbringen darf, lässt sie das Getreide wieder wachsen. Demeter und ihrer Tochter Persephone gilt der Mysterienkult in Eleusis.

Persephone (lat. Proserpina)
Tochter des Zeus und der Demeter, Unterweltsgöttin, die von Hades entführt wurde und den einen Teil des Jahres im Totenreich, den anderen auf dem Olymp verbrachte (s. Demeter).

Dionysos (lat. Bacchus, Liber)
Sohn des Zeus und der Semele, einer Tochter des Kadmos, des Gründers von Theben. Gott des Weines; sein Kult stammt aus Thrakien oder Phrygien und konnte sich in Griechenland nur gegen Widerstände durchsetzen. Die Anhänger des Gottes sind die Mänaden, d. h. Frauen in orgiastischem Rausch, sowie bocksgestaltige Satyrn und Silene.

Helios (lat. Sol)
Sohn des Hyperion und der Theia aus dem Geschlecht der Titanen, Sonnengott, der auf einem von geflügelten Rossen gezogenen Wagen über den Himmel fährt. Als sein Sohn Phaethon den Sonnenwagen lenkt, stürzt er ab und setzt die Welt in Brand.

Literaturhinweise

Lateinische Ausgaben der Fabulae des Hyginus

Hygini Fabulae. Recensuit, prolegomenis commentario appendice instruxit H.I. Rose. Leiden (A.W. Sijthoff) 1933 [Nachdruck 1963 und 1967].

Hygini Fabulae. Edidit Peter K. Marshall. Stuttgart und Leipzig (Teubner) 1993.

Übersetzung

Mary Grant: The Myths of Hyginus. Lawrence (University of Kansas Press) 1960.

Griechische Sagen. Apollodoros, Parthenios, Antonius Liberalis, Hyginus. Eingeleitet und neu übertragen von Ludwig Mader. Zürich und Stuttgart (Artemis) 1963.

Zur griechischen Mythologie:

Manfred Fuhrmann (Hg.): Terror und Spiel. Probleme der Mythenrezeption. München (Fink) 1971.

Carl-Friedrich Geyer: Mythos. Formen – Beispiele – Deutungen. München (Beck) 1996.

Fritz Graf: Griechische Mythologie. Eine Einführung. München und Zürich (Artemis und Winkler) 1991.

Michael Grant und John Hazel: Lexikon der antiken Mythen und Gestalten. München (Deutscher Taschenbuch Verlag) 1980.

Benjamin Hederich: Gründliches mythologisches Lexikon. Leipzig 1770. Reprographischer Nachdruck Darmstadt (Wissenschaftliche Buchgesellschaft) 1996.

Herbert Hunger: Lexikon der griechischen und römischen Mythologie mit Hinweisen auf das Fortwirken antiker Stoffe und Motive in der bildenden Kunst, Literatur und Musik des Abendlandes bis zur Gegenwart. Reinbek (Rowohlt) 1974.

Fritz Jürß: Vom Mythos der alten Griechen. Deutungen und Erzählungen. Leipzig (Reclam) 1990.

Herbert Jennings Rose: Griechische Mythologie. Ein Handbuch. München (Beck) 1961.

Albert von Schirnding: Die Weisheit der Bilder. Erfahrungen mit dem griechischen Mythos. München (Kösel) 1979.

Jean Seznec: Das Fortleben der antiken Götter. Die mythologische Tradition im Humanismus und in der Kunst der Renaissance. München (Fink) 1990.

Edward Tripp: Reclams Lexikon der antiken Mythologie. 5. Aufl. Stuttgart 1991.

Register (mit Kapitelzählung bei Hygin)

Weitere lateinisch-deutsche Bände:

Ovid
Metamorphoses – Verwandlungen (9180)

Petronius
Cena Trimalchionis – Gastmahl bei Trimalchio (9148)

Prima lectio – Erste lateinische Lesestücke (9262)

Roma Caput Mundi – Rom, Hauptstadt der Welt (9451)

Seneca
De brevitate vitae – Die Kürze des Lebens (9111)

Deutscher Taschenbuch Verlag
Friedrichstraße 1a, 80801 München
www.dtv.de zweisprachig@dtv.de